Llyfrau eraill yn y Gymraeg
gan David Walliams:

Cyfrinach Nana Crwca
Deintydd Dieflig
Mr Ffiaidd
Anti Afiach
Y Biliwnydd Bach
Yr Hipo Cyntaf ar y Lleuad
Yr Eliffant Eithaf Digywilydd
Yr Arth a fu'n Bloeddio Bw!
Neidr yn yr Ysgol!

David Walliams

Y bachgen mewn ffrog

Addasiad gan Iwan Huws
Arlunwaith gan Quentin Blake

atebol

1

Y Llun

Roedd Dennis yn wahanol.

Wrth edrych yn y drych gwelai Dennis adlewyrchiad hogyn deuddeg oed digon cyffredin. Ond doedd o ddim yn *teimlo* yn gyffredin – roedd ei feddwl yn llawn lliw a chân, er bod ei fywyd yn ddiflas iawn ar adegau.

Mae'r stori dwi am ei hadrodd i chi yn cychwyn yma, mewn tŷ cyffredin ar stryd gyffredin mewn tref gyffredin. Roedd tŷ Dennis yn union fel pob tŷ arall ar y stryd, fwy neu lai. Ambell dŷ gyda ffenestri gwydr dwbl, eraill hebddyn nhw. Un â gardd o laswellt, un â gardd o gerrig. Un gyda

Vauxhall Cavalier wedi'i barcio y tu allan, un arall gyda Vauxhall Astra. Dim ond pwysleisio'r tebygrwydd rhwng pob tŷ a wnâi pob gwahaniaeth bach.

Gyda phopeth mor arferol, roedd hi'n hen bryd i rywbeth anarferol ddigwydd, yn doedd?

Roedd Dennis yn byw gyda'i dad – roedd ganddo enw, ond 'Dad' oedd o i Dennis, ac felly Dad y bydd o i ninnau hefyd – a'i frawd hŷn John, oedd yn bedair ar ddeg oed. Roedd yn dân ar groen Dennis i feddwl y byddai ei frawd wastad ddwy flynedd yn hŷn nag o – ddwy flynedd yn fwy, ddwy flynedd yn gryfach.

Roedd Mam wedi'u gadael ychydig flynyddoedd ynghynt. Cyn hynny byddai Dennis yn arfer gwrando o dop y grisiau arni hi a'i dad yn gweiddi ar ei gilydd, nes i'r diwrnod ddod pan beidiodd y gweiddi.

Roedd hi wedi mynd.

Châi John na Dennis grybwyll ei henw ar ôl hynny, a rhai dyddiau wedyn aeth Dad o gwmpas y tŷ yn tynnu'r holl luniau ohoni o'u fframiau, a'u llosgi mewn coelcerth fawr.

Un llun yn unig a achubwyd o'r tân. Cododd hwnnw o'r gwres fel pluen, gan droelli trwy'r mwg cyn glanio'n ddistaw bach ar y gwrych. Wedi iddi nosi, sleifiodd Dennis i'r ardd i'w nôl. Roedd yn

ddu o gwmpas yr ymylon a'r inc arno'n codi'n swigod, ac am eiliad collodd Dennis unrhyw obaith o weld ei fam eto. Ond o edrych ar y llun yn iawn, a'i droi yn y golau gwan, gwelodd Dennis fod y lliwiau yr un mor glir ag erioed.

Dyna olygfa hapus: John a Dennis ar y traeth efo Mam; hithau mewn ffrog felen a blodau ar ei hyd a'r ddau frawd mewn dillad nofio, hufen iâ yn eu dwylo a'i ôl hyd eu cegau i gyd. Carai Dennis y ffrog yn y llun; roedd yn llawn lliw a bywyd a hapusrwydd, a chofiai am y defnydd yn feddal rhwng ei fysedd. Pan fyddai ei fam yn ei gwisgo gwyddai Dennis fod yr haf ar gyrraedd. Ers iddi adael fuodd hi erioed yn haf yn y tŷ.

Cadwodd y llun yn ei boced, ac edrychai arno'n slei bach bob dydd. Roedd ei fam mor hardd ynddo, er gwaetha'r ansicrwydd yn ei gwên. Byddai Dennis yn syllu arni am oriau maith, gan geisio deall ei meddwl yr union eiliad honno.

Ar ôl iddi adael doedd Dad ddim yn dweud rhyw lawer, a phan fyddai'n siarad, gweiddi a wnâi yn amlach na pheidio. Felly aeth Dennis i ddibynnu ar y teledu am gwmni, yn enwedig ei hoff raglen, *Trisha*. Roedd Dennis yn caru *Trisha*, rhaglen a oedd yn rhoi cyfle i bobol gyffredin drafod eu problemau, i regi a bloeddio ar berthnasau agos, ac i grio. Yn goruchwylio'r cyfan roedd dynes glên yr olwg, er mymryn yn feirniadol, o'r enw ... pwy feddylia? Trisha. Un tro, gwelodd Dennis bennod am bobol gydag iselder, a thybiai efallai fod ei dad yn dioddef o'r un cyflwr.

Am gyfnod, credai Dennis y byddai bywyd heb Mam yn gallu bod yn dipyn o antur – cael aros ar ei draed yn hwyr, bwyta *take-aways* bob nos a gwylio rhaglenni teledu y byddai ei fam wedi'u dyfarnu'n anaddas i rywun o oed Dennis. Ond wrth i'r dyddiau droi'n wythnosau, a'r wythnosau yn fisoedd, a'r misoedd yn eu tro yn troi'n flynyddoedd, dechreuodd Dennis sylweddoli nad oedd bod heb fam yn fawr o antur. Roedd yn fywyd digalon braidd.

Carai Dennis a John ei gilydd am fod rhaid iddyn nhw garu ei gilydd, ac roedd John yn hoff o brofi hyd a lled y cariad hwn trwy daro rhech yn wyneb ei frawd bach. Petai taro rhech yn gamp eisteddfodol (ac mae'n hen bryd iddi fod), byddai John wedi ennill sawl cadair ac wedi'i urddo gan Orsedd y Beirdd, mor ogoneddus o ffiaidd ei rechfeydd.

Rŵan 'ta, mi fyddai'n rhesymol gobeithio y byddai colli eu mam yn gwneud i'r ddau frawd glosio at ei gilydd, a sylwi efallai fod eu cariad yn fwy na dim ond dyletswydd deuluol. Ond nid stori felly yw hon ac nid felly y bu, mae arna i ofn. Pellhau oddi wrth ei gilydd a wnaeth y ddau.

Gadawyd John yn llawn dicter wedi i Mam adael, a chytunai gyda Dad y byddai'n well i bawb petai neb yn crybwyll ei henw hi byth eto. Roedd hyn bellach yn un o reolau'r tŷ:

1. Dim siarad am Mam

2. Dim crio

3. A gwaethaf oll, dim cwtshys, ar unrhyw gyfrif.

Roedd Dennis fel arall. Doedd dim dicter ynddo, dim ond tristwch. Weithiau byddai'n hiraethu am ei fam gymaint nes y byddai'n crio yn ei wely. Ceisiai grio mor dawel ac y gallai, gan ei fod yn rhannu stafell gyda'i frawd, ond mi ddihunodd John un noson.

"Dennis, am be w't ti'n crio rŵan?" mynnodd wybod o'i wely.

"Dwn i ddim, jest ... wel ... tasa Mam yn dal yma ..." oedd ateb distaw Dennis.

"Ma' hi 'di mynd. Waeth ti heb â chrio – ddaw hi'm yn ôl."

"Alli di'm bod yn siŵr!"

"Tydi hi byth am ddod 'nôl adra, Dennis. Rŵan
stopia grio. Genod bach sy'n crio."

Ond roedd Dennis methu peidio â chrio. Roedd
y tristwch yn symud ynddo fel trai a llanw'r môr,
a'r dagrau weithiau'n bygwth ei foddi, ond doedd o

ddim am wylltio ei frawd felly ceisiodd grio mor dawel ac y gallai.

Ond pam bod Dennis yn wahanol, dwi'n eich clywed yn holi? Wedi'r cyfan, dim ond bachgen cyffredin o dŷ cyffredin ar stryd gyffredin mewn tref gyffredin oedd o. Wel, dwi ddim am ddweud pam eto, ond efallai fod 'na gliw yn nheitl y llyfr ...

2

Dad Tew

Neidiodd Dad ar ei draed mewn gorfoledd gan dynnu Dennis i'w freichiau a gafael ynddo'n dynn.

Wn i 'mod wedi dweud nad oedd neb yn cael cwtsho yn y tŷ hwn, ond roedd hawl gwneud ar achlysuron arbennig. Gwylio pêl-droed oedd yr unig achlysur arbennig.

"Dwy gôl i ddim, Dennis! Dwy i ddim! Rhowch hel iddyn nhw, hogia!"

Roedd hi'n haws trafod pêl-droed na thrafod teimladau yn nhŷ Dennis. Pêl-droed oedd eu bywyd, a'r tri yn dilyn hynt (a helynt, yn amlach na pheidio) eu tîm yn Uwchgynghrair Cymru. Ond unwaith y câi'r chwiban olaf ei chwythu, a'r gêm wedi gorffen, roedd y cwtshys ar ben am wythnos arall.

Bob hyn a hyn, teimlai Dennis yr angen am gwtsh. Roedd ei fam yn arfer rhoi cwtsh iddo drwy'r amser, a doedd dim yn well gan Dennis na chael ei godi i'w breichiau. Fel arfer, mae plant yn awchu am gael tyfu'n hŷn, ond roedd Dennis yn hiraethu am fod yn fychan eto ym mreichiau ei fam. Ei choflaid hi oedd y lle saffaf ar wyneb daear.

Trueni nad oedd Dad byth yn rhoi cwtsh iddo. Wedi'r cyfan, mae pobol dew yn rhai da am roi cwtsh. Maen nhw'n fawr ac yn feddal, fel soffa glyd.

Rhaid esbonio yma fod Dad yn dew.

Yn ofnadwy o dew.

Gyrrwr lorri oedd Dad, a bu'r holl oriau yn eistedd yn ei unfan yn drech ar faint ei drowsus. Yr unig ymarfer corff a gâi oedd cerdded i mewn ac allan o gaffis i fwyta pob cyfuniad posib o wyau,

selsig, bacwn, bîns a sglodion. Weithiau, ar ôl brecwast, byddai'n cael dau baced o greision, i lenwi'i fol tan adeg te deg. Tyfodd yn dewach bob dydd wedi i Mam adael.

Un tro, fe welodd Dennis bennod o *Trisha* am ddyn o'r enw Barry oedd mor dew fel na allai sychu ei ben-ôl ei hun. Ochneidiai'r gynulleidfa â chymysgedd od o fwynhad ac arswyd wrth glywed

am ei arferion bwyta. "Barry, onid ydyw'r ffaith fod eich mam neu'ch tad yn gorfod eich helpu i ... ymolchi ... oddi tanoch ... yn gwneud i chi fod eisiau colli pwysau?" holodd Trisha.

"Trisha, dwi jest wrth fy modd yn bwyta," atebodd Barry dan grechwenu. Ochneidiodd y gynulleidfa drachefn.

Aeth Trisha ymlaen i esbonio bod bwyd yn gyfystyr â chysur ym meddwl Barry, a chyn diwedd y rhaglen roedd o'n beichio crio. Roedd Trisha'n dda'n gwneud hynny. Yna rhoddodd gwtsh iddo, ac er ei bod yn cael trafferth ymestyn ei breichiau am ei ganol, llwyddodd i roi gwên drist i'r camera wrth i'r rhaglen ddod i ben.

Tybiai Dennis mai bwyta er mwyn cysuro ei hun a wnâi Dad hefyd, yn cael un selsigen neu damaid o fara saim ychwanegol er mwyn ceisio, yng ngeiriau Trisha, "llenwi'r gwacter mewnol". Feiddiai Dennis ddim sôn am hyn wrth Dad. Doedd o ddim yn hoff o'r ffaith fod Dennis yn gwylio *Trisha* i ddechrau arni. "Rhaglen i ferched 'di honna," cwynai.

Breuddwydiai Dennis am gael ymddangos ar bennod o *Trisha*, rhaglen arbennig ag iddi'r pennawd: "Mae rhechfeydd fy mrawd yn dinistrio fy mywyd" neu "Mae gan fy nhad broblem

Hobnobs". (Roedd Dad wedi mynd i'r arfer o fwyta pecyn cyfan bob nos ar ôl gwaith.)

Pan fyddai'r tri yn chwarae pêl-droed yn yr ardd gefn, Dad fyddai'r gôl-geidwad bob tro oherwydd ei faint, ac am nad oedd raid rhedeg rhyw lawer. Bwced a hen gasgen gwrw oedd y pyst, gweddillion rhyw farbeciw a gafwyd pan oedd Mam yn dal yn un o'r teulu. Doedden nhw byth yn cael barbeciws bellach, dim ond selsig o'r siop sglodion a phowlenni o greision ŷd, hyd yn oed pan nad oedd hi'n amser brecwast.

Hoff beth Dennis am chwarae pêl-droed efo'i deulu oedd mai ef oedd y gorau. Er bod John ddwy flynedd yn hŷn nag o, gallai Dennis ddwyn y bêl o'i draed yn hawdd, gwibio heibio a gosod y bêl yn daclus yng nghefn y rhwyd bob tro – petai rhwyd yno, hynny yw. A doedd hi ddim yn hawdd sgorio pan safai Dad yn y gôl. Nid am fod ganddo

unrhyw dalent fel gôl-geidwad, ond am ei fod
mor fawr.

Bob bore Sul, pan oedd Dennis yn arfer chwarae
i'w dîm lleol, breuddwydiai am gael bod yn
chwaraewr proffesiynol. Ond pan wahanodd ei
fam a'i dad rhoddodd y gorau i fynd. Roedd yn

dibynnu ar ei fam i roi lifft iddo; allai Dad ddim
mynd â fo am ei fod byth a beunydd wrth ei waith
yn gyrru ei lorri hyd a lled y wlad.

Ac felly, yn ddistaw bach, aeth breuddwyd
Dennis i ganlyn y gwynt.

Ond roedd Dennis yn dal i chwarae pêl-droed i dîm yr ysgol, a fo oedd y ... saethwr?... ciciwr?

Rhowch eiliad i mi chwilio am y gair cywir.

Wrth gwrs – *ymosodwr*.

Yn wir, Dennis oedd ymosodwr gorau tîm yr ysgol, yn sgorio miliwn o goliau bob tymor, o leiaf.

Maddeuwch i mi, plis; dyma fi'n dangos fy anwybodaeth unwaith yn rhagor. Ydi miliwn o goliau yn mynd dros ben llestri? Dau gant, felly? Un neu ddwy? Ta waeth, fo oedd prif sgoriwr y tîm o ddigon.

O ganlyniad, roedd Dennis yn boblogaidd iawn gan weddill y tîm, heblaw am Gareth, y capten. Sylwai hwnnw ar bob un camgymeriad a wnâi Dennis ar y cae. Tybiai Dennis mai cenfigennus roedd Gareth am fod Dennis yn well pêl-droediwr nag o, ond feiddiai o ddim dweud. Roedd Gareth yn un o'r plant yna sy'n anarferol o fawr am eu hoedran. A dweud y gwir, ni fyddech yn synnu o glywed ei fod o bum mlynedd yn hŷn na'i gyfoedion, ond iddo gael ei atal rhag symud i'r dosbarth nesaf am ei fod braidd yn dwp.

Un tro, ar ddiwrnod gêm, bu Dennis yn absennol o'r ysgol am ei fod yn gors o annwyd. Roedd newydd orffen gwylio pennod hynod ddifyr o *Trisha* (am ddynes yn darganfod ei bod yn cael perthynas gyda neb llai na'i gŵr ei hun), ac wedi penderfynu cael swp tomato i ginio wrth wylio ei ail hoff raglen, *Loose Women*, lle trafodai criw o ferched milain yr olwg faterion pwysig y dydd, megis legins a cholli pwysau. Ond wrth i nodau cyntaf *Loose Women* ddechrau seinio, daeth cnoc ar y drws. Cododd Dennis yn flin. Darvesh oedd yno, ffrind gorau Dennis.

"Dennis, 'dan ni wir angen i ti chwarae heddiw," ymbiliodd.

"Sorri, Darvesh, ond dwi'm yn teimlo'n dda o

gwbwl. Dwi 'di bod yn tisian a thagu trwy'r bore. Aaaaaatshwww!"

"Ond mae'n rownd yr wyth olaf heddiw! Ti'n gwbod nad ydan ni 'rioed 'di mynd drwodd o'r blaen. Plis?"

Teimlodd Dennis ei fod ar fin tisian eto.

"AaaaaaaAAAAAAaaaaaaaAAAAAA aaaaattshwwwWWWWW!"

Edrychodd Dennis i'r llawr i weld a oedd ei ysgyfaint wedi dod allan trwy'i drwyn.

"Pliiiiiiiiiis?" plediodd Darvesh yn obeithiol, wrth sychu'r snot oddi ar ei dei ysgol.

"Ocê, mi dria i," meddai Dennis, gan dagu a snwffio.

"Gwych!" gwaeddodd Darvesh, fel petai'r gêm wedi'i hennill eisoes.

Llwyddodd Dennis i lowcio cegaid o'r sŵp cyn gafael yn ei git pêl-droed a gadael y tŷ.

Y tu allan eisteddai mam Darvesh yn ei Ford

Fiesta bach coch. Roedd hi'n gweithio ar y tils yn Sainsbury's, a'i hoff beth yn y byd oedd gwylio'i mab yn chwarae pêl-droed. Hi oedd y fam fwyaf balch ar wyneb daear – rhywbeth a wnâi i'w mab ochneidio'n gyson.

"Diolch i'r drefn eich bod wedi dod, Dennis," meddai hi wrth iddo ddringo i'r sedd gefn. "Mae'r tîm wirioneddol eich angen heddiw – mae hi'n gêm bwysig dros ben. Heb amheuaeth, hon yw gêm bwysica'r tymor!"

"Jest dreifiwch, Mam," meddai Darvesh yn dawel.

"Rydyn ni ar fin cychwyn, Darvesh! Peidiwch â meiddio siarad yn y modd yna â'ch mam eto!" gwaeddodd, gan esgus bod yn flin. Plannodd ei throed ar y sbardun a sbonciodd y car yn ei flaen tuag at y cae pêl-droed.

Safai Gareth wrth y giât wrth iddyn nhw gyrraedd. "O, ti 'di penderfynu chwarae heddiw, felly?" sgyrnygodd. Nid yn unig roedd Gareth yn fwy o lawer na gweddill y bechgyn, roedd ei lais yn ddyfnach hefyd, ac roedd yn rhyfeddol o flewog, o ystyried ei oed. Pan fyddai yn y gawod ar ôl gêm edrychai fel epa.

"Ddrwg gen i, Gareth – do'n i ddim yn teimlo'n dda, mae gen i fymryn o ..."

Cyn iddo allu dweud 'annwyd', daeth yr ysfa yn ffyrnig o sydyn.

"Aaaaaaaaaaaaaaaaaaaaaaaaaaaa**aaaaaaaaaaaaaaa**
aaaaaaaaaaaaaaaaaaaaaaaaaaaaaaaaaaaaaaaaaaa
tshhhhhwwwwwwwwwwwwwwwwwww
wwwwwwwwwwwwwwwww
wwwww!"

"Mae'n ddrwg gen i," meddai Dennis eto, wrth geisio sychu mymryn o snot oddi ar glust Gareth.

"Jest cer i wisgo amdanat."

Rhedodd Dennis ar y cae gyda gweddill y tîm, yn wan gan annwyd, yn tisian a thagu bob cam.

"Pob lwc, fechgyn, yn enwedig fy mab, Darvesh, ac wrth gwrs ei ffrind, Dennis! I'r gad!" gwaeddodd mam Darvesh o ochr y cae.

"Mae hi mor *embarassing*," cwynodd Darvesh.

"Dwi'n meddwl bod o'n grêt ei bod hi'n dod," atebodd Dennis. "Dydi Dad erioed 'di 'ngweld i'n chwarae."

"Beth am gael gôl arbennig gennych heddiw, Darvesh fy mab?"

"Ond efallai ei bod hi fymryn yn *embarassing*," cytunodd Dennis.

Ysgol Fonedd Sant Cennin oedd eu gwrthwynebwyr y prynhawn hwnnw, un o'r ysgolion hynny lle mae'r disgyblion yn meddwl eu bod ychydig yn well na phawb arall am fod eu rhieni yn talu iddyn nhw fynd yno. Ac roedden nhw'n dîm da. O fewn deng munud roedd Sant Cennin ar y blaen. Dan bwysau, cipiodd Darvesh y bêl oddi ar fachgen dwywaith ei faint, a'i phasio at Dennis.

"Dyna dacl ogoneddus, Darvesh, fy nghyntafanedig!" gwaeddodd mam Darvesh.

Gyda'r bêl wrth ei draed, anghofiodd Dennis yn llwyr am ei annwyd. Dawnsiodd heibio'r amddiffynwyr a chael ei hun o flaen gôl-geidwad hirwallt mewn cit newydd sbon – Trystan ap Llŷr neu Maredudd Llywarch – neu rywbeth ffansi felly, mwyaf tebyg. Roedden nhw wyneb yn wyneb â'i gilydd pan deimlodd Dennis ryw ysfa i disian eto.

"AaaaaAAAAaaaaaAAatshwwwwwww wwwWWWWW!!!!"

Roedd y ffrwydriad enfawr o snot yn ddigon i ddallu Trystan, a chiciodd Dennis y bêl yn syth i gefn y rhwyd.

Doedd y rheolau ddim yn gwahardd tisian, er gwaethaf protestiadau'r gôl-geidwad, a bu raid i'r dyfarnwr ganiatáu'r gôl.

"Mae'n wir ddrwg gen i," ymddiheurodd Dennis. Doedd o ddim wedi bwriadu i hynny ddigwydd o gwbl.

"Peidiwch â phoeni – mae gen i hances!" gwaeddodd mam Darvesh. "Y mae gennyf wastad becyn wrth law!" Brasgamodd ar y cae gan godi ei sari rhag y mwd a chynnig un i'r gôl-geidwad. Rowliodd Darvesh ei lygaid. Wrth i'r gôl-geidwad sychu'r snot o'i wallt, dywedodd mam Darvesh wrtho, "Yn bersonol, nid wyf yn tybio bod gan Ysgol Fonedd Sant Cennin unrhyw siawns o ennill y gêm hon."

"Maaaaaam!" gwaeddodd Darvesh.

"Mae'n ddrwg gennyf! Ymlaen â'r ornest!"

Bedair gôl yn ddiweddarach – un gan Dennis, un gan Gareth, un gan Darvesh, ac un "ddamweiniol" gan fam Darvesh – roedd y gêm wedi'i hennill.

"Y rownd gynderfynol, Darvesh fy mab a Dennis ei ffrind! Rwyf wedi gwirioni!" gwichiodd mam Darvesh wrth yrru'r bechgyn adre. Canai gorn y Fiesta bach yn fuddugoliaethus bob cam o'r daith, fel petai Cymru wedi ennill Cwpan y Byd.

"Plis peidiwch â dwad i'r gêm nesa, Mam – ddim os dach chi am ymddwyn fel'na eto!"

"Darvesh, f'annwylyn, fyddwn i ddim yn methu'r gêm nesaf am holl aur y byd. O! Rwyf mor falch ohonot!"

Edrychodd Darvesh a Dennis ar ei gilydd a gwenu. Am eiliad, roedd eu buddugoliaeth wedi gwneud iddyn nhw deimlo fel brenhinoedd. Gwenodd Dad, hyd yn oed, wrth glywed eu bod trwodd i'r rownd gynderfynol, ond fyddai o ddim yn gwenu am yn hir ...

3

Dan y Fatres

"Be ddiawl 'di hwn?!" Roedd Dad yn flin.

"Cylchgrawn," atebodd Dennis, mor ddiniwed ag y gallai.

"Dwi'n gweld mai cylchgrawn ydi o!"

"Cylchgrawn *Vogue*," ychwanegodd Dennis.

"Dwi'n gweld mai cylchgrawn *Vogue* ydi o!"

Roedd Dennis ar fin holi pam bod Dad yn gofyn, ac yntau'n gwybod yr ateb yn barod, ond yn ei galon roedd Dennis yn deall pam. Ychydig ddyddiau ynghynt roedd o wedi prynu'r cylchgrawn o'r siop gornel am ei fod yn hoffi'r clawr – llun merch hardd mewn ffrog harddach, un debyg i hen ffrog ei fam, a dweud y gwir. Er mai dim ond £5 yr wythnos gâi Dennis yn bres poced, a'r cylchgrawn yn costio £3.80, mi brynodd Dennis o.

Byddai'n picio i'r siop yn aml, weithiau er mwyn cael sgwrs fach efo Huw, y perchennog clên. Ond y tro hwn teimlai'n lletchwith wrth droi at y cownter; cylchgrawn i genod ydi *Vogue* wedi'r cyfan, a phenderfynodd ei guddio dan rifyn o *Shoot*. Wrth gwrs, fe sylwodd Huw wrth iddo sganio'r nwyddau.

"Wyt ti'n siŵr mai hwn wyt ti eisiau, Dennis?" holodd. "Fel arfer, dim ond merched, a dy athro drama, Mr Howell, sy'n ei brynu."

"Ym ..." meddai Dennis wrth feddwl. "Anrheg i ffrind ydi o, Huw. Mae hi'n cael ei phen-blwydd."

"Wrth gwrs, Dennis! Mae'n debyg y byddi angen papur lapio, hefyd?"

"Ym ... byddaf, am wn i," ildiodd Dennis.

"A cherdyn bach?"

"Wel ..."

"Gwych! Mae yna gasgliad ardderchog yma –
rhai â blodau neu gathod bach sy'n denu llygaid y
merched fel arfer, neu'r rhai hyfryd yma o
gwningod yn chwarae yn yr haul. Wrth gwrs, mae'r
olygfa hon o Ynys Llanddwyn yn siŵr o gyffroi'r
emosiynau, os mai dyna'r bwriad, Dennis. Neu os

mai ffrind yn unig yw hi, dyma un â thractor – hen Ffergi fach lwyd wrth wal gerrig, a Mot yn rhedeg o'i blaen. Am olygfa! Y tractor ynteu Llanddwyn fyddai orau gen ti? Neu'r ddau efallai?"

"Ym ..."

"Y ddau, felly! Purion! A phapur lapio? Mae hwnnw'n arbennig o rad heddiw, fel mae'n digwydd." Pwyntiodd Huw at bentwr o bapur lapio Nadoligaidd.

"Mae 'na lun o Siôn Corn ar hwnna, Huw."

"Oes wir! Ac mae'n dymuno pen-blwydd hapus i ti yr un pryd!"

"Dwi'n meddwl bod gen i bapur adra alla i ei ddefnyddio, diolch."

"Beth am dri rolyn am bris dau? Dyna fargen."

"Dim diolch, Huw."

"Saith am bris pump?"

"Na, dim diolch."

"Un ar ddeg am bris wyth?"

"Dwi'm angen un ar ddeg rholyn o bapur lapio Dolig, Huw. Mis Mawrth ydi hi!"

"Difaru wnei di pan ddaw mis Rhagfyr!"

"Dim diolch, Huw."

"Ti'n colli bargen dda, Dennis!"

"Dim diolch."

"Fel 'na mae – cwsmeriaid yn gwrthod cyngor dyn busnes profiadol fel fi. Mae'n torri 'nghalon! Ta waeth! *Vogue*, *Shoot*, y Ffyrgi lwyd a Llanddwyn. Unrhyw beth arall, Dennis?"

"Dim diolch, Huw."

"Rhywbeth bach i dorri syched, efallai?"

"Na, dim diolch, Huw."

"Pum punt ar ei ben, felly! A chan dy fod yn gwsmer cystal, mi gei ddisgownt bach gen i, ond i ti beidio sôn wrth neb! Pedair punt a naw deg wyth ceiniog, os gweli di'n dda."

Roedd Dennis wedi mynd hanner canllath i lawr y stryd pan glywodd lais yn gweiddi, "Selotêp?"

Safai Huw yn nrws y siop â dau focs o selotêp yn ei ddwylo. "Ar gyfer y lapio?"

"Mae gen i beth adra, diolch!"

"Pymtheg tâp am bris tri ar ddeg?" holodd yn obeithiol.

Rhedodd Dennis weddill y siwrne adre a'i drysor newydd dan ei gôt rhag y glaw, a rhag llygaid y cymdogion. Tu ôl i ddiogelwch drws ei lofft, a than fantell dillad y gwely, daeth y cylchgrawn yn fyw yn ei ddwylo.

Hysbysebion oedd ei hanner o, a doedd fawr ddim ysgrifen am yr hanner can tudalen cyntaf, o leiaf, ond dim ots, roedd yr hysbysebion yn odidog. Y ffrogiau! Y sgidiau! Y sgertiau! Y dillad yn llaes fan yma, yn tynhau ryw fymryn fan draw, yn denu'r sylw at ambell ran o'r corff. O, na fyddai dillad Dennis fel y rhain! Roedd y rheini wedi cael eu tynnu pob siâp gan gorff mawr John erbyn i Dennis eu cael nhw. Yn rhy hir yn y goes, wedi ymestyn yn ddi-siâp o gwmpas yr ysgwyddau neu'n blygiadau llac dros ei ben-ôl, a'r lliwau oll wedi pylu.

Ond sôn am liwiau *Vogue*! Roedd pob ffrog yn pefrio o'r dudalen. Yves Saint-Laurent, Christian Dior, Louis Vuitton, Tom Ford, Mark Jacobs a Stella McCartney. Doedd gan Dennis ddim syniad pwy oedd yr un ohonyn nhw, ond roedd eu henwau yn edrych mor dda dan luniau'r dillad anhygoel.

Wedi'r hysbysebion daeth ambell erthygl. Diflas oedd y rhain ar y cyfan yn nhŷb Dennis, a wnaeth o mo'u darllen. Aeth ymlaen at weddill y cylchgrawn – llond gwlad o ffotograffau a mwy o hysbysebion. Perffaith! Mwy o ffrogiau, mwy o swyngyfaredd, mwy o hyfrydwch.

Roedd bron ag ymgolli'n llwyr yn y lluniau, ond chwalwyd yr hud yn ddisymwth pan glywodd sŵn goriad yng nghlo'r drws ffrynt.

"Dennis! Lle w't ti'r cena?"

Llais John.

Aeth y cylchgrawn yn syth o dan y fatres.

"Dwi fyny fa'ma," galwodd Dennis, gan geisio swnio'n ffwrdd-â-hi.

Carlamodd John i fyny'r grisiau â'i geg yn llawn creision. "Be ti'n da yn fa'ma?"

"Newydd gyrraedd 'nôl adra dwi."

"Ti isio gêm ffwtbol yn cefn?"

"Ia, ocê."

Aeth y ddau frawd i'r ardd gefn, ond arhosodd meddwl Dennis yn y stafell wely, o dan y fatres efo'r ffrogiau. A phan aeth John i'r bath nes ymlaen, dychwelodd Dennis i fyd ei freuddwydion, ymysg y defnydd a'r lliwiau rhwng cloriau *Vogue*. Dychwelai yno mor aml ag y gallai. Roedd hwn yn ddrws i fyd arall, byd o gyffro, ond caewyd y drws hwnnw'n glep pan gafodd Dad afael ar y cylchgrawn.

"Dwi'n dallt ma' cylchgrawn *Vogue* ydi o. Be dwi
isio'i wbod ydi pam bod gan fy mab i gopi o *Vogue*
dan ei fatres?"

Cwestiwn oedd o, yn amlwg, ond doedd y dicter
yn llais Dad ddim yn ennyn ateb, hyd yn oed petai
gan Dennis un.

"Jest lluniau yden nhw ... dwi'n hoffi'r lluniau."

"Hoffi'r lluniau!? Hmff."

Astudiodd Dad y clawr, y ferch yn y ffrog felen, a gostegodd y storm am ennyd fechan.

"Mi oedd gan dy f– "

"Be, Dad?"

"Dim, Dennis, dim byd!"

Tybiodd Dennis ei fod wedi gweld deigryn, neu hanner un efallai, yn dechrau cronni yng nghil llygaid ei dad, a rhoddodd ei law, heb feddwl, yn ysgafn ar ei ysgwydd. Meddyliodd yn syth pa mor od oedd hi i blentyn gysuro oedolyn. Roedd Dennis wedi gorfod gwneud o'r blaen, flynyddoedd yn ôl, wrth weld Mam yn crio wedi ffrae efo Dad. Roedd o'n deimlad od yr adeg honno hefyd. Ildiodd Dad i'w gyffyrddiad am eiliad neu ddwy, ond symudodd wrth i'r storm ailafael.

"Na! 'Di o'm yn iawn – hogyn yn sbio ar ffrogia, wir! Mae'n od!"

"Be oeddat ti'n ei wneud yn chwilota o dan fy matres beth bynnag?" holodd Dennis yn flin.

Gwyddai Dennis yn *iawn* pam bod ei dad wedi bod yn chwilio dan ei fatres. Roedd gan Dad ambell gylchgrawn ei hun, rhai arbenigol, y math sydd ar y silff uchaf yn siop Huw. Bob hyn a hyn bydden nhw'n magu traed ac yn mudo draw i stafell John a Dennis. Dyna pam bod Dad wedi bod a'i law o dan y fatres, yn chwilio am eiddo coll.

"Wel ... Ym ..." dechreuodd Dad wingo. "Tydi hi ddim o bwys pam 'mod i wedi bod yn chwilio. Mae gen i berffaith hawl i edrych dan fatresi fy meibion! Y fi ydi'r bos yn y tŷ yma!" A chyda hynny, taflodd y cylchgrawn i'r bin.

"Ond Dad!"

"Dyna ddigon!" atebodd fel taran, ac yna, o dan ei wynt, "Tydi o ddim yn iawn, wir."

Wnaeth yr un ohonyn nhw ddweud gair. Gadawodd Dennis y stafell a suddodd Dad yn ddwfn i'w gadair. Dyna ddiwedd ar y cylchgrawn.

4

Diflannu

"Bore da, Dennis, neu a ddylwn i ddeud 'Denise'!" chwarddodd John uwch ei frecwast drannoeth..

"Ddeudis i wrthat ti beidio sôn am y peth," rhygnodd Dad wrth iddo daenu trwch o fenyn ar ei dost gwyn. Marjyrîn iachus a bara brown fyddai Mam wedi'u prynu.

Wnaeth Dennis ddim hyd yn oed edrych arno, dim ond eistedd yn dawel ac estyn am ei frecwast.

"W't ti 'di gweld unrhyw ffrogia neis yn ddiweddar?" holodd John, dan grechwenu.

"Dyna ddigon!" chwyrnodd Dad, fymryn yn uwch y tro yma.

"I genod ma'r cylchgronau yna, neu gadi-ffans!"

"CAU DY GEG!" rhuodd Dad.

Ond roedd Dennis eisoes wedi codi o'r bwrdd, heb gyffwrdd â'i frecwast, ac wrthi'n cau'r drws ffrynt yn glep ar ei ôl. Gallai o glywed ei dad trwy'r ffenest agored: "Be ddeudis i, John? Dyna ddigon. Mae'r cylchgrawn yn y bin, a'r mater wedi'i setlo, iawn?"

Llusgodd Dennis ei draed tua'r ysgol. Roedd John yn siŵr o ddweud wrth bawb am y cylchgrawn, a byddai neb yn siarad efo fo byth eto. Yr eiliad honno, byddai'n well ganddo ddiflannu oddi ar wyneb y ddaear na mynd trwy giatiau haearn yr ysgol. Roedd am i'r ddaear ei lyncu, nes bod dim gronyn ohono ar ôl.

Ond agorodd y ddaear ddim – dydi hi byth yn gwneud pan mae gwir angen iddi wneud. Erbyn naw o'r gloch eisteddai Dennis yn y dosbarth yn cael gwers Hanes.

Merched Beca oedd testun y wers, ond doedd meddwl Dennis ddim ar y gwaith. Doedd ei feddwl ddim ar y gwaith yn ystod y wers gemeg chwaith, a threuliodd yr awr yn syllu ar y tabl cyfnodol, yn ceisio deall beth yn union oedd o.

Pan ddaeth amser egwyl ceisiodd Dennis roi mymryn o normalrwydd i'w ddiwrnod trwy chwarae pêl-droed efo Darvesh. Roedd yn llwyddo hefyd, nes iddo weld John yn nesáu gyda'i griw o ffrindiau – bechgyn digon garw oedd yn mwynhau creu helynt, a chriw na allai athrawon yr ysgol wneud dim â nhw. Fyddai John wedi meiddio dweud wrth yr hogiau? Doedd Dennis ddim yn siŵr. Oedden nhw'n crechwenu wrth sbio arno? Daliodd Dennis ei wynt wrth iddyn nhw gerdded heibio.

Codi ei ên yn sydyn ar ei frawd wnaeth John, gan ddweud dim, ac yna cerdded yn ei flaen tuag at y sied feics. Anadlodd Dennis unwaith eto.

Doedd o ddim wedi sôn gair wrth neb, mae'n rhaid. Wedi'r cyfan, roedd Darvesh yn dal i chwarae a siarad ag o, fel y gwnâi ar unrhyw ddiwrnod arall.

Pêl fach feddal, nid pêl-droed, oedd ganddyn nhw. Doedden nhw ddim yn cael defnyddio pêl-droed go iawn rhag i rywun dorri ffenest – un o reolau hirfaith yr ysgol. Roedd y ddau ohonyn nhw'n hen law ar drin y bêl fechan. Chwipiodd Darvesh hi i'r cwrt cosbi, yn bas berffaith i Dennis ei tharo i gefn y rhwyd. Doedd dim rhwyd, wrth gwrs, na physt chwaith, a hyd yn oed pe byddai rhai, ni fydden nhw'n rhwystro'r hyn a ddigwyddodd nesa. Gadawodd y bêl griau esgid Dennis, gan godi a chodi, ymhell uwch eu pennau ac yn syth ... trwy ffenest swyddfa'r prifathro.

Tawelodd yr iard mewn eiliad. Safai John a'i griw yn gegrwth. Doedd dim siw na miw i'w clywed.

"Wps," meddai Dennis.

Wps yn wir. Mr Prydderch oedd enw'r prifathro, dyn a oedd wedi glanio yn y swydd trwy hap a damwain, mae'n rhaid, am ei fod yn gwbl amlwg ei fod yn casáu plant â chas perffaith. Crychai Mr Prydderch ei drwyn pob tro y byddai plentyn yn cerdded yn rhy agos ato, a gwingai ei fwstásh fel gwlithen denau. Roedd un edrychiad ganddo yn ddigon i dawelu llond neuadd o blant.

"Efallai ei fod o ddim yn ei swyddfa," mentrodd Darvesh yn betrus, ond yr eiliad honno ymddangosodd hen ben seimllyd Mr Prydderch yn yr hyn oedd yn weddill o'i ffenest.

"DDISGYBLION!" gwaeddodd. "Pwy giciodd hon?" Gafaelai yn y bêl rhwng ei fys a'i fawd fel petai'n codi bag o faw ci.

Tawelwch.

"Unwaith eto, blant, ymbiliaf. PWY GICIODD HON?"

"Fi, syr," atebodd Dennis yn ddistaw bach.

"Tyrd i 'ngweld i, grwt, yn syth wedi i'r gloch ganu am bedwar o'r gloch."

"Diolch, syr," atebodd Dennis. Ni allai feddwl am unrhyw beth arall i'w ddweud.

"A'r gweddill ohonoch chi," aeth Mr Prydderch yn ei flaen, "o ganlyniad i'ch ymddygiad y bore 'ma, mae gemau peli wedi'u gwahardd am weddill y dydd!"

Ochneidiodd yr iard gyfan, ac edrychodd sawl un yn ddu ar Dennis. Hen dric cas oedd troi pawb yn erbyn un disgybl fel yna.

"Paid â phoeni, Dennis, mae pawb yn gwbod bod Mr Prydderch yn–"

"Wn i, Darvesh."

Eisteddodd y ddau ar eu bagiau y tu allan i wal yr adeilad gwyddoniaeth a dechrau bwyta'u cinio, er mai ond amser egwyl y bore oedd hi. Doedd Dennis ddim wedi meiddio sôn wrth Darvesh am y copi o *Vogue*, ond roedd ar bigau i wybod sut y byddai'n ymateb.

Sikh oedd Darvesh, ond doedd o ddim yn gwisgo tyrban llawn am mai dim ond deuddeg oed oedd o. Yn hytrach, gwisgai Darvesh patka, sy'n debyg i het wlân a phelen arni, i gadw ei wallt o'i wyneb. Roedd yna lwyth o wahanol fathau o blant yn yr ysgol, ond Darvesh oedd yr unig un a wisgai *patka*.

"Wyt ti'n teimlo'n wahanol, Darvesh?" gofynnodd Dennis.

"Be ti'n feddwl?"

"Wel, chdi ydi'r unig un yn yr ysgol yma sy'n gwisgo un o'r rheina am dy ben."

"O, y *patka*? Wel, dwi ddim yn teimlo'n wahanol adra. A phan es i a Mam i India llynedd i weld Nain doeddwn i ddim yn teimlo'n wahanol yn fan'no. Roedd pob Sikh f'oed i yn gwisgo un."

"Be am yn yr ysgol?"

"Oeddwn, ar y dechrau. Mi oedd gen i 'chydig o gywilydd ohono fo, a dweud y gwir, am 'mod i'n edrych yn wahanol i bawb arall. Ond sylwodd pawb yn ddigon buan 'mod i ddim mor wahanol â hynny, er gwaetha'r *patka*, ac roedd popeth yn iawn wedyn. Bysa hi'n ofnadwy o ddiflas tasan ni gyd yn union yr un fath, yn bysa?"

"Bysa," cytunodd Dennis. Roedd siarad â Darvesh wastad yn gwneud iddo deimlo'n well.

5

Dŵdls

Doedd Dennis erioed wedi gorfod aros yn yr ysgol ar ôl 3.30 o'r blaen, a doedd o ddim yn siŵr iawn beth i'w ddisgwyl. Bron nad oedd o'n edrych ymlaen. Pan gyrhaeddodd stafell 4C, yr athrawes Ffrangeg, Miss Martin, oedd yno.

"*Asseyez-vous*, Dennis. Eisteddwch."

Aeth i eistedd yn y gadair agosaf cyn edrych o'i gwmpas. Dim ond un person arall oedd yn y stafell gyda nhw.

Lisa.

Lisa James.

Yr hogan harddaf yn yr holl ysgol.

Yr unig un a edrychai'n dda mewn gwisg ysgol.

Lisa James, wnaeth erioed yngan gair wrth Dennis.

Er hyn, roedd Dennis wedi mopio'i ben arni. Roedd hi ddwy flynedd yn hŷn a chwe modfedd yn dalach – yn llythrennol y tu hwnt i'w gyrraedd, felly.

"Heia," meddai, a'i llais fel mêl.

"O ... helô ... ym ..."

"Lisa dwi. Be 'di dy enw di?"

Cysidrodd Dennis roi enw ffug, rhywbeth cŵl efallai, fel ... ym ... rhywbeth mwy cŵl na Dennis, beth bynnag.

"Dennis."

"Heia, Dennis. Pam w't ti 'ma heddiw?"

"Nesh i gicio pêl trwy ffenest Mr Prydderch."

"Haha! Cŵl."

Chwarddodd Dennis hefyd. Os oedd hi am feddwl ei fod o'r math o hogyn fyddai'n gwneud hynny'n fwriadol, doedd o ddim am ei chywiro.

"A chditha?"

"Torri rheolau gwisg yr ysgol – unwaith eto. Sgert yn rhy fyr!"

Edrychodd Dennis yn sydyn. Mi oedd hi'n fyr. Ofnadwy o fyr.

"Dydi hi'm ots gen i a deud y gwir. Mae'n well gen i gael fy nghadw yma am awr bob hyn a hyn os ydi o'n golygu 'mod i'n cael gwisgo fel dwi isio."

"Esgusodwch fi," dywedodd Miss Martin o'r tu ôl i'w desg, "ond dydych chi ddim i fod i siarad, sorri."

Miss Martin oedd un o'r athrawon cleniaf yn yr ysgol, a doedd hi ddim yn dda iawn am ddweud y drefn. Tueddai i ddechrau gydag "esgusodwch fi" a chloi gyda "sorri". Roedd hi tua deugain oed, dim modrwy briodas a dim plant. Ceisiai greu naws soffistigedig, Ffrengig o'i hamgylch trwy wisgo sgarffiau sidan a sglaffio *croissants* Tesco fesul pedwar amser egwyl.

"Mae'n ddrwg gen i, miss," atebodd Lisa, a gwenodd ar Dennis. Dechreuodd yntau sgwennu ei linellau.

Ni ddylwn gicio peli trwy ffenest y prifathro.
Ni ddylwn gicio peli trwy ffenest y prifathro.
Ni ddylwn gicio peli trwy ffenest y prifathro.

Edrychodd draw at Lisa a synnu gweld ei bod hi, yn hytrach na sgwennu, wrthi'n tynnu llun ffrog. Ffrog hir, las, a'r cefn yn agored. Ar ôl ychydig trodd at ochr arall y papur a dechrau llunio sgert a chrys, ac yna gwisg nofio. Roedden nhw'n dda hefyd.

"Esgusodwch fi," tarfodd Miss Martin eto, "ond dwi'n meddwl y dylet ganolbwyntio ar dy waith dy hun, Dennis ... sorri."

"Mae'n ddrwg gen i, miss," atebodd. Trodd yn ôl at ei bapur a dechrau eto.

Ni ddylwn gicio peli trwy ffenest y prifathro.
Ni ddylwn gicio peli trwy ffenest y prifathro.
Ni ddylwn ddarllen Vogue trwy ffen ...

Stopiodd. Rhoddodd feiro trwy'r llinell olaf. Rhaid bod ei feddwl yn dechrau crwydro.

Ar ôl rhyw dri chwarter awr edrychodd Miss Martin ar ei horiawr yn betrus cyn dweud, "Mae'n ddrwg gen i, ond fyddech chi'ch dau yn meindio petawn i'n gorffen chwarter awr yn gynnar heddiw? Dwi angen mynd â'r car i'r garej, a byddai'n dda gen i fod adra cyn *Pobol y Cwm*. Dwi 'di bod ar bigau trwy'r dydd yn ceisio dyfalu be sy'n mynd i ddigwydd yn y Deri heno!"

"Popeth yn iawn, miss," atebodd Lisa. "Wnawn ni'm deud wrth neb!"

"Diolch i chi'ch dau," meddai Miss Martin, heb fod yn siŵr pwy oedd yn gwneud ffafr â phwy, mewn gwirionedd.

Y tu allan i'r ysgol, trodd Lisa at Dennis.

"Wyt ti isio mynd â fi adra, Dennis?"

"Be?" atebodd Dennis mewn sioc.

"Wyt ti isio fy hebrwng i adra?"

"Ym ... ydw ... ocê."

"Tyrd 'ta," dywedodd Lisa wrth gychwyn cerdded. Cafodd Dennis ychydig o drafferth yn cael ei goesau i symud, ond llwyddodd i'w dilyn. Ceisiodd gerdded weddill y daith yn ara' deg, er mwyn ymestyn y profiad mor hir ag y gallai.

"Wnes i sylwi ar dy luniau di gynna," mentrodd

ar ôl rhai munudau o dawelwch. "Roedden nhw'n wych. Y ffrogia 'na."

"Diolch i ti! Doeddan nhw fawr o ddim byd, dim ond dŵdls bach."

"A dwi wrth fy modd efo'r ffordd ti'n edrych."

Edrychodd Lisa arno am eiliad a'i llygaid yn chwerthin. Ceisiodd Dennis esbonio'i hun. "Ym ... y ffordd ti'n wisgo, dwi'n feddwl. Dy ddillad di!"

"Diolch, Dennis."

Gwenodd Lisa arno. Roedd hi mor dlws, allai Dennis ddim edrych i fyw ei llygaid am rhy hir, felly edrychodd ar ei sgidiau. Roedd ganddyn nhw fwclau arian a blaenau crwn.

"Mae dy sgidia di'n neis," cynigiodd.

"Braf gweld rhywun yn sylwi," atebodd Lisa.

"Blaenau crwn sydd yn ffasiynol rŵan, yn ôl y sôn, nid rhai pigog."

"Lle clywist di hynny?" holodd Lisa'n chwilfrydig.

"*Vogue*."

"W't ti'n darllen *Vogue*?"

Fferrodd gwaed Dennis. Beth oedd o wedi'i ddweud? Ac yntau yng nghanol eu sgwrs, wnaeth o ddim meddwl. Roedd ei fywyd ar ben, ac yntau'n ddim ond deuddeg oed.

"Ym ... nacdw ... wel ... unwaith, ella."

"Cŵl"

"Ti'n meddwl?" Efallai nad oedd ei fywyd ar ben wedi'r cyfan.

"Yndw. Does na'm hanner digon o hogia â diddordeb mewn ffasiwn."

A dweud y gwir, doedd Dennis ddim yn siŵr a oedd ganddo ddiddordeb mewn ffasiwn chwaith. Hoffi'r lluniau o ffrogiau roedd o.

"Pwy 'di dy hoff gynllunydd?" holodd Lisa.

Cofiai Dennis weld un ffrog arbennig yn y cylchgrawn, un hir, lliw hufen. Doedd o'm wir yn cofio'r enw.

"John Galli-rhywbeth," mentrodd.

"John Galliano? Athrylith. Oeddat ti'n gwbod mai fo oedd yn gwneud darnau Dior i gyd hefyd?"

Darnau. Dyna'n union sut roedd *Vogue* yn cyfeirio at ddillad. Eu troi'n rhywbeth mwy na pethau i'w gwisgo. Stopiodd Lisa yn sydyn.

"Wel, dyma fi adra. Diolch, Dennis. Hwyl i ti!" Roedd eu trip bychan ar ben yn barod. Camodd Lisa drwy'r giât, ond cyn iddi gyrraedd y drws, trodd ar ei sawdl. "Cei di ddod draw y penwythnos yma, os w't ti isio. Ma' gen i lwyth o gylchgronau ffasiwn cei di ddarllen. Dwi isio bod yn ddylunydd ryw ddiwrnod. Ma' hi'n ddydd Sadwrn yfory – ydi un ar ddeg yn dy siwtio di?"

"Ym ... yndi, dwi'n meddwl," atebodd Dennis. Doedd neb na dim ar wyneb daear fyddai'n ei rwystro rhag bod yn nhŷ Lisa drannoeth.

"Wela i di fory, 'ta!" dywedodd Lisa, gan wenu arno a diflannu trwy'r drws.

A mwyaf sydyn, roedd bywyd Dennis yn normal eto, a'i draed ar y ddaear, fel yr eiliad honno pan fydd golau'r sinema yn cael ei ailgynnau ar ddiwedd ffilm.

6

Un Funud Fach

Am 10:59 fore Sadwrn roedd Dennis yn sefyll y tu allan i ddrws Lisa. Un ar ddeg o'r gloch ddywedodd hi, a doedd Dennis ddim am ymddangos yn rhy eiddgar, felly gwyliodd fys ei oriawr yn hercian mynd am un funud arall.

54.

55.

56.

57.

58.

59.

Un ar ddeg.

Canodd Dennis y gloch, ac ymhen ychydig clywodd sŵn traed ar y grisiau, a gweld cysgod cyfarwydd Lisa trwy'r drws gwydr. Curai ei galon fel gordd.

"Heia," dywedodd Lisa ar ôl agor y drws.

"Heia," atebodd Dennis, er nad oedd erioed wedi dweud "heia" wrth neb o'r blaen.

"Tyrd i mewn."

Wrth gamu dros yr aelwyd sylwodd fod y tŷ yn ddigon tebyg i'w tŷ nhw adre, ond yn oleuach ac yn fwy lliwgar. Roedd yna luniau ar y waliau ac oglau da yn dianc o'r gegin.

"Wyt ti isio rhywbeth i'w yfed, Dennis?" holodd Lisa.

"Gwydriad bach o win gwyn efallai?" atebodd Dennis, gan geisio ymddangos yn aeddfed a soffistigedig.

Edrychodd Lisa arno'n od. "Dwi'm yn meddwl bod gen i win i'w gynnig. Be arall w't ti'n hoffi?"

"Um Bongo."

"Ocê. Dwi'n meddwl bod 'na beth yn rhywle."

Daeth Lisa o hyd i ddau garton yng nghefn cwpwrdd, ac ar ôl eu tywallt i wydrau gwin aeth y ddau i fyny'r grisiau i'w stafell.

Petai Dennis wedi cael rhwydd hynt i addurno ei stafell, heb ofni beth fyddai unrhyw un arall yn ei feddwl, byddai hi wedi bod yn eitha tebyg i stafell Lisa. Roedd lluniau wedi'u torri o gylchgronau ffasiwn ar hyd y waliau, silff lyfrau yn llawn cyfrolau am sêr fel Marilyn Monroe ac Audrey Hepburn, peiriant gwnïo yn y gornel, a phentwr o rifynnau *Vogue* wrth y gwely.

"Dwi'n eu hel nhw. Mae gen i un o'r Eidal hefyd. Maen nhw'n anodd i'w cael yn y wlad yma, ond rheini ydi'r gora. W't ti isio'i weld o?"

"Oes plis," atebodd Dennis. Doedd ganddo ddim clem fod yna *Vogues* gwahanol i'w cael ar

draws y byd. Eisteddodd y ddau ar erchwyn y gwely gan droi'r tudalennau yn ara' deg.

"Mae'r ffrog yna'n anhygoel." Pwyntiodd Dennis at un ddu a gwyn.

"Chanel. Anhygoel o ddrud hefyd, ond mae hi'n hyfryd."

"Dwi'n hoffi'r sîcwins."

"A'r hollt i fyny'r ochr."

Aeth y ddau trwy'r cylchgrawn fesul tudalen, yn trin a thrafod pob dilledyn – y defnydd, sut y cafodd ei dorri, y gwnïo – pob un manylyn. Erbyn cyrraedd y diwedd roedd y ddau fel ffrindiau bore oes. Estynnodd Lisa am gylchgrawn arall i ddangos un o'i hoff *photo shoots* i Dennis. Hen ffilm wyddonias o'r chwedegau oedd y thema.

"Dwi wrth fy modd efo hwn. Mae o mor retro. A'r wigs a'r lliwiau. Mi faswn i'n gallu byw yn y byd yma."

"Mi fysat ti'n edrych yn wych yn y ffrog aur yna," dywedodd Dennis wrth bwyntio at lun o ferch gyda gwallt yr un lliw â Lisa.

"Mi fyddai unrhyw un – mae hi'n anhygoel. Allwn i byth fforddio un fel 'na, ond maen nhw'n fy ysbrydoli i pan fydda i'n gwneud fy nghynlluniau fy hun. W't ti isio gweld?"

"Ydw!"

Aeth hi draw at y silff lyfrau, tynnu llyfr mawr a'i osod gyda gofal ar y gwely. Roedd yn llawn brasluniau dillad o bob math, ynghyd â lluniau wedi'u torri o gylchgronau a phapurau newydd. Wrth ymyl ambell un roedd Lisa wedi glynu tamaid o ddeunydd neu fotwm, neu wedi sgwennu brawddeg neu ddwy yn sôn am y dyluniadau.

"Mae'r rhain yn anhygoel!" dywedodd Dennis. "Yn enwedig hon!" Pwyntiodd at ffrog oren ar un o'r tudalennau.

"Mae honna'n un o fy ffefrynnau i 'fyd. Dwi wrthi'n ei gwnïo rŵan. Mi wna i ei dangos i ti."

Aeth draw at y cwpwrdd dillad ac estyn y ffrog anorffenedig.

"Ges i'r deunydd yn rhad yn y farchnad. Dwi'n meddwl bydd hi'n edrych yn dda pan fydda i wedi'i gorffen. Steil y saithdegau – glamyrys iawn!"

Cododd yr hanger er mwyn i'r ffrog ddal y golau'n well. Roedd ambell hem heb ei gorffen, ac ambell edefyn yn rhydd yma ac acw, ond roedd yn amlwg fod gan Lisa dalent.

"Mae'n anhygoel!" ebychodd Dennis.

"Mi fasai'n edrych yn dda arna ti," chwarddodd Lisa, gan ddal y ffrog yn erbyn ei frest.

Chwarddodd Dennis hefyd wrth edrych ar y ffrog. Am eiliad fach, dychmygodd sut brofiad fyddai cael ei gwisgo.

"Mae dillad bechgyn mor ddiflas," cwynodd yn dawel.

"Yr holl reolau sy'n ddiflas! Mi fasa hi'n llawer gwell tasa pawb yn cael gwisgo beth maen nhw isio."

Doedd Dennis erioed wedi ystyried hynny o'r blaen. O feddwl am y peth, roedd y rheolau'n wirion ac yn gymhleth. Dim sgertiau i fechgyn, oni bai eich bod o'r Alban a'i bod yn achlysur arbennig. Dim pinc na phorffor ar unrhyw gyfrif. Dim sodlau uchel. Ond pwy sgwennodd y rheolau?

Beth oedd yn bod ar wisgo unrhyw beth, unrhyw bryd?

"Pam na wnei di 'i thrio hi?" holodd Lisa, gyda awgrym o wên ar ei gwefusau.

Bu distawrwydd am ychydig eiliadau.

"Ond efallai fod hynny'n syniad gwirion," dywedodd wedyn, wrth deimlo bod Dennis yn anghyfforddus. "Dydi o ddim yn *big deal*, cofia. Mae ffrogia'n braf, ac mae gwisgo'n glamyrys yn hwyl. Dwi wrth fy modd mewn ffrog grand, a dwi'n siŵr y byddai ambell fachgen yn teimlo'r un fath â fi, 'fyd."

Teimlodd Dennis y gwrid yn codi yn ei fochau. Roedd eisiau cytuno, a chael teimlo'r defnydd moethus yn erbyn ei groen. Dim ond am un funud fach. Ond fedrai o ddim, er bod y rheolau'n rhai gwirion.

"Well i mi fynd," dywedodd yn sydyn.

"Wir?" gofynnodd Lisa'n siomedig.

"Wir. Sorri."

"Paid â phoeni. Ddoi di draw i 'ngweld i eto? Dwi 'di mwynhau heddiw, a ma'r *Vogue* newydd allan wythnos yma. W't ti isio dod draw Sadwrn nesa?"

"Dwn i ddim," atebodd Dennis gan ruthro tua'r drws. Roedd wedi'i ddychryn ei hun, braidd, er nad oedd yn siŵr pam. "Diolch am yr Um Bongo!" galwodd wrth frysio trwy'r giât.

7

Gwylio'r Llenni'n Goleuo

"Pen-blwydd hapus, Dad!"

Wnaeth o ddim codi ei ben i edrych. Doedd o ddim yn hoff o benblwyddi. Roedd hi'n saith o'r gloch ar nos Sul ac yntau newydd gyrraedd adre o'r gwaith. Tua'r adeg yma fel arfer byddai teuluoedd yn swatio ar y soffa gyda'i gilydd, a thua'r adeg yma yn ddi-ffael byddai Dennis yn meddwl am Mam. Roedd Dad yn rhoi tro ar wneud cinio dydd Sul bob hyn a hyn, fel roedd Mam yn arfer ei wneud, ond pan eisteddai'r tri wrth y bwrdd byddai'r gadair wag yn fwy amlwg nag erioed.

Heno eisteddai Dad yn y gegin efo bag o

sglodion a chan o gwrw, yn dal yn gwisgo ei ddillad gwaith.

"Beth am i chi fynd allan i chwarae, hogia? Dwi isio bod ar fy mhen fy hun heno. Does na'm llawer i'w ddathlu, nagoes?"

"Mae 'na gerdyn i ti, Dad, a chacen," cynigiodd John yn dawel.

"Diolch."

Agorodd y cerdyn. Roedd o'n dweud "Tad Gorau'r Byd" arno mewn llythrennau bras.

"Diolch, hogia, ond dwi'm yn haeddu hwn, nac ydw? Dwi'n bell o fod yn dad gora'r byd."

"Mi w't ti i ni, Dad."

Bu'n dawel am eiliad. "Mae hi'n anodd ers i Mam adael. Dwi'm yn teimlo 'mod i'n gallu dathlu unrhyw beth."

"'Dan ni'n deall, Dad," atebodd Dennis.

"Mi sgoriodd Dennis yn y gêm heddiw, Dad," dywedodd John er mwyn troi'r sgwrs.

"Do wir?"

"Do," atebodd Dennis. "Roedd hi'n gêm gwpan hefyd, a sgoriodd Darvesh. 'Dan ni drwodd i'r ffeinal rŵan!"

"Go dda," meddai Dad, ond roedd yn amlwg fod ei feddwl wedi dechrau crwydro eto. Cymerodd

lwnc arall o'i gwrw. "Sorri, dwi jest angen bod ar fy mhen fy hun am 'chydig."

"Ocê, Dad," atebodd John, gan roi sgwd i Dennis tua'r drws.

Dyma ddigwyddai bob tro. Nadolig neu ben-blwydd, roedd fel petai rhan hanfodol o'r teulu wedi dilyn Mam trwy'r drws a diflannu. Roedd y tŷ'n prysur droi yn lle digalon iawn.

"Dwi angen cwtsh," dywedodd Dennis.

"Hyh, chei di'm cwtsh gen i. Dwi'n frawd i ti!" atebodd John. "A dwi'n mynd rŵan, beth bynnag – dwi'n cyfarfod yr hogia wrth y bỳs stop."

Roedd Dennis angen gadael y tŷ hefyd. "Dwi am fynd i weld Darvesh."

Wrth gerdded trwy'r parc, teimlodd Dennis ychydig yn euog am adael Dad ar ei ben ei hun a hithau'n ben-blwydd arno, ond doedd ganddo ddim syniad sut i godi ei galon.

"Be sy'n bod?" gofynnodd Darvesh ar ôl ychydig

funudau o chwarae FIFA yn ei stafell. Roedd o wastad yn gallu dweud pan oedd rhywbeth ar feddwl Dennis.

"Dim byd," atebodd, yn gwybod na fyddai Darvesh yn ei gredu. Doedd o erioed wedi bod yn un da am ddweud celwyddau – nid bod hynny'n beth drwg, cofiwch.

"Dyma'r drydedd gêm i ti i'w cholli. Ti'm yn canolbwyntio. Be sy'n bod?"

Doedd Dennis ddim yn canolbwyntio. Roedd o'n meddwl am ei dad. Ac am y ffrog oren.

"Darvesh, 'dan ni'n ffrindia gora, tydan?"

"Yndan."

"A ma' ffrindia gora'n gallu ... rhannu popeth, dydyn?"

"Yndan."

"Darvesh! Dennis! A fyddech chi'n ddiolchgar o gael gwydraid pefriog o Lucozade?" gwaeddodd mam Darvesh o'r gegin.

"Dim diolch, Mam!" atebodd Darvesh, cyn ysgwyd ei ben.

"Ond mae'n llawn o glwcos, Darvesh! Y siwgr mwyaf effeithlon i'r corff dynol! Bydd yn eich paratoi at y gêm derfynol wythnos i ddydd Sadwrn!"

"Ocê, Mam, mi gymeran ni damaid 'n munud!" ildiodd Darvesh.

"Syniad campus! O, byddaf yn falch pe enillwch y gwpan! Ond byddaf yn falch ohonoch, waeth beth fydd y canlyniad!"

"Wn i, Mam!" atebodd Darvesh cyn troi at Dennis. "Mae hi mor *embarassing*."

"Dim ond achos ei bod hi'n dy garu di, Darvesh."

Aeth Darvesh yn dawel am eiliad, felly ceisiodd Dennis droi'r sgwrs.

"Ga i wisgo un o dy hetiau di?"

"Un o'r *patkas*?"

"Ia, ga i drio un?"

"Cei, os w't ti isio. Mae gen i un sbâr yma'n rhywle," meddai wrth chwilota yn un o'i gypyrddau. Daeth o hyd i *patka* du a'i gynnig i Dennis.

"Sut dwi'n edrych?" holodd Dennis wedi iddo ei roi am ei ben.

"Fel twpsyn!" chwarddodd Darvesh. "Dydi o'm yn golygu dim – dydi o ddim yn dy wneud di'n Sikh, dim ond yn hogyn mewn het."

Wrth gerdded adre teimlai Dennis fymryn yn well. Roedd fel petai'r haul yn dechrau gwthio trwy'r cymylau. Ond pan gyrhaeddodd adre a gweld Dad yn dal yn eistedd yn yr un lle, ei sglodion yn oer a'i gwrw'n gynnes, gwyddai fod storm ar y gorwel.

"Helô, Dad!" meddai, gan geisio swnio mor hwyliog ag y gallai.

Edrychodd Dad arno am eiliad cyn ochneidio'n drist.

Roedd John eisoes yn ei wely pan gamodd Dennis i'r stafell. Wnaeth o ddim dweud dim byd, dim ond gorwedd yno fel delw. Gorweddodd Dennis mewn tawelwch hefyd. Doedd yna ddim byd i'w ddweud. Treuliodd y noson yn disgwyl i'r wawr ddechrau dangos trwy'r crac yn y llenni.

Dim ond dau belydryn gwan o olau oedd ym meddwl Dennis drwy'r tywyllwch dudew – Lisa a'r byd newydd roedd hi wedi'i gyflwyno iddo, a'r ffrog oren yn sgleinio yng ngolau'r haul.

8

Sîcwins a Sodlau

Gorweddai'r ffrog oren ar y gwely.

Roedd hi'n ddydd Sadwrn, a Dennis yn ôl yn stafell Lisa.

"Dwi 'di gorffen!" dywedodd hi yn llawn cyffro. Edrychodd Dennis ar y ffrog. Roedd hi'n berffaith. "Dwi'n meddwl mai honna ydi'r peth harddaf dwi 'rioed wedi'i weld." Doedd o ddim wedi bwriadu dweud hynny, ond dyna ddaeth allan o'i geg.

"Paid â bod yn ddramatig!" atebodd Lisa, gan wrido ychydig. "O, dwi wedi bod yn meddwl. Gan dy fod di mor hoff o'r ffrog, dwi am i ti ei chael hi."

"Ei chael hi?" holodd Dennis yn betrus.

"Ia," atebodd Lisa, gan godi'r ffrog a'i gosod yn ei ddwylo.

"Ym, diolch. Dwi'm yn gwbod beth i'w ddeud."

Roedd hi'n drymach nag roedd o'n ei ddisgwyl, a'r sîcwins yn gwneud sŵn wrth symud trwy ei fysedd. Doedd Dennis erioed wedi sylwi ar ddillad yn gwneud sŵn o'r blaen. Roedd hi fel darn o gelf, yr anrheg orau iddo ei chael erioed. Ond lle fyddai o'n ei chadw hi? Roedd o'n rhannu wardrob efo John! Ac yn bwysicach, be oedd o am ei *wneud* efo hi?

"W't ti am ei gwisgo hi?"

Doedd Dennis ddim wedi caniatáu iddo'i hun i feddwl am hynny, er bod y syniad wedi bod yn stelcian yng nghefn ei feddwl ers y tro cynta iddo weld y ffrog. Doedd ganddo ddim syniad sut i ymateb pan ofynnodd Lisa'r cwestiwn iddo mor sydyn.

"Mi fydd o'n hwyl!"

Edrychodd Dennis ar y ffrog. Mi fyddai'n bendant yn hwyl.

"Ti'n siŵr?" gofynnodd yn betrus.

"Ydw, wrth gwrs."

"Ocê, dim ond am eiliad!"

Dechreuodd Dennis ddadwisgo, cyn oedi wrth gofio lle roedd o.

"Paid â phoeni, wna i ddim sbio, siŵr!" chwarddodd Lisa a throi ei chefn.

Camodd Dennis i mewn i'r ffrog, a'i chodi dros ei ysgwyddau. Roedd yn deimlad gwahanol i wisgo crys neu drowsus – y defnydd yn ddieithr yn erbyn ei groen, ond doedd y profiad ddim mor od ag roedd o'n ei ddisgwyl. Ceisiodd gyrraedd y zip ar y cefn i'w chau yn iawn.

"Dwn i ddim os galla i."

"Gad i mi wneud," meddai Lisa. "Tro rownd." Tynnodd ar y zip yn araf a dechreuodd y ffrog dynhau. "Mae hi'n edrych yn wych, Dennis! Sut mae'n teimlo?"

"Neis ... mae'n teimlo'n neis." Mwy na neis, roedd yn teimlo'n wych. "Ga i ei gweld yn y drych?"

"Ddim eto, 'dan ni heb gael sgidia i ti!"

Estynnodd Lisa bar o sodlau uchel lliw aur o'r cwpwrdd.

"Ges i'r rhain o Oxfam. Maen nhw'n Louboutins go iawn ond dim ond £4 wnes i dalu. Well i ti dynnu dy sanau!"

Edrychodd Dennis ar ei draed. Dwy hosan lwyd a'u lastig yn llac, ac roedd bawd ei droed chwith yn y golwg. Doeddan nhw ddim yn gweddu i'r ffrog, rywsut.

Unwaith roedd y sanau ar y llawr, llithrodd ei draed i mewn i'r sgidiau cul. Roeddan nhw'n uwch na'r disgwyl a rhoddodd Lisa ei llaw ar waelod ei gefn i'w sadio.

"Ga i edrych yn y drych rŵan?" holodd Dennis yn eiddgar.

"Sgen ti ddim colur eto!"

"Na! Lisa, na!" protestiodd.

"Os gwneud hyn, gwneud yn iawn, Dennis," dywedodd wrth estyn am ei bag colur. "Mae hyn yn gymaint o hwyl! Ro'n i wastad isio chwaer fach! Siapia dy geg fel hyn."

Doedd gan Dennis ddim syniad fod minlliw yn blasu fel'na, blas oel a chwyr.

"Powdwr llygaid?"

"Na, mae hyn yn ddigo–"

"Dim ond mymryn!"

Caeodd ei lygaid a theimlo'r brwsh yn erbyn ei amrannau.

"Ti'n edrych yn dda, Dennis, neu ddylwn i dy alw'n Denise?"

"Dyna'n union ddeudodd John pan glywodd o am y cylchgrawn."

"Sorri. Ond dyna fyddai dy enw di, yndê, petaet ti'n ferch?"

"Ga i edrych yn y drych rŵan?" ymbiliodd Dennis.

Gafaelodd Lisa yn ei law a'i arwain tuag at y drych.

Syllodd Dennis ar ei adlewyrchiad a gweld nad oedd o'n ei adnabod ei hun. Pan wenai Dennis, gwenai Denise yn ôl ato. Dechreuodd chwerthin. Roedd hyn yn ffantastig! Dechreuodd droelli a dawnsio a chanu. Ymhen dim roedd y ddau ohonyn nhw'n rowlio chwerthin ar y llawr.

"W't ti'n licio hi, felly?" holodd Lisa dan wenu.

"Yndw ... ond mae 'chydig bach yn ..."

"Od?"

"Ia. Ychydig bach yn od."

"Ti'n edrych yn dda."

"Go iawn?"

"Wyt."

Gorweddodd y ddau ar y carped gyda'i gilydd am ychydig funudau, cyn i Dennis godi ac edrych ar ei hun yn y drych eto.

"Dwi'm yn meddwl y byddai unrhyw un yn gallu deud mai bachgen w't ti," meddai Lisa.

"Wir?" Craffodd Dennis ar ei adlewyrchiad. *Efallai ei bod hi'n llygad ei lle. Dwi'n edrych fel rhywun diarth, fel merch ddiarth.*

"Wir. Ti'n edrych yn grêt. W't ti isio trio dilledyn arall?"

"Dwn i ddim os dyliwn i. Beth os daw 'na rywun i'r stafell?"

"Mae Mam a Dad wedi mynd i'r ganolfan arddio. Mi fyddan nhw yno drwy'r dydd. Maen nhw wrth eu boddau yno, am ryw reswm."

"Ocê 'ta."

Yn gyntaf, gwisgodd Dennis ffrog hir borffor, o'r un steil â rhai o ffrogiau Kylie Minogue, ac yna un las o'r 80au a gafodd Lisa gan ei modryb, wedyn un fer, goch a ddaeth o Tenovus, ac yna un ...

Erbyn diwedd y prynhawn roedd Dennis wedi gwisgo bron popeth yn stafell Lisa. Sgidiau, sgertiau, crysau, blowsys, bagiau, modrwyau – popeth.

"'Di o'm yn deg. Genod sy'n cael y dillad da i gyd!" cwynodd Dennis wrth y drych.

"Dydi'r rheolau'n golygu dim yn y stafell hon, Dennis. Gei di fod pwy bynnag w't ti isio bod!"

9

Bonjour, Denise

Bore drannoeth, teimlai Dennis fel petai ar olwyn fawr yn y ffair, er mai gorwedd yn ei wely roedd o. Roedd y llen wedi codi, y niwl wedi clirio a'r gorwel yn ei wahodd i fynd i bob cyfeiriad. Mi allai fod pwy bynnag roedd o eisiau bod. Doedd ei fywyd ddim yn ddiflas rhagor, ac roedd ganddo'r gallu i *newid* ei hun!

Aeth am gawod i geisio dod at ei goed. Roedd y stafell ymolchi yn wyrdd tywyll, lliw afocado. Duw a ŵyr pam bod ei rieni wedi dewis y lliw hwnnw. Byddai Dennis wedi awgrymu lliw goleuach, efo teils du a gwyn efallai, a bath mawr yn sefyll ar ei ben ei hun. Ond wnaethon nhw erioed holi Dennis; dim ond plentyn oedd o, wedi'r cyfan.

I'r dibrofiad, dim ond dau fath o ddŵr ddeuai o'r gawod hynafol, sef dŵr berw neu ddŵr rhynllyd, ond deallai Dennis ddeial y gawod i'r dim. Doedd dim rhaid iddo edrych wrth estyn am y botel shampŵ arferol ar y silff. Gwnaeth hyn bob dydd ers blynyddoedd. Ond *heddiw* roedd hi'n od gwneud rhywbeth mor gyffredin, ac yntau'n gwybod bod ei fyd wedi newid yn llwyr ers pnawn ddoe.

Bwyta tost a gwylio *Rownd a Rownd* roedd John pan ddaeth Dennis i'r gegin.

"Dad wedi mynd yn barod?" holodd.

"Do, glywish i o'n mynd am bedwar. Wnaeth y lorri ddim dy ddeffro di?"

"Naddo, dwi'm yn meddwl."

Estynnodd Dennis am bowlen o greision ŷd ond canodd cloch y drws cyn iddo allu dechrau bwyta.

Nid rhyw ganiad pitw bach, chwaith, ond un yn llawn hyder.

BRRRRRiiiiiiIIIING!!

Doedd y postman ddim yn dod ar fore Sul. Doedd o ddim yn dod ar unrhyw fore, a dweud y gwir. Roedd yn well ganddo lanio rywdro tua diwedd y pnawn. Pwy allai fod yno? Amneidiodd y ddau at y drws.

Lisa oedd yno.

"Heia!" meddai.

"Yyymmm ..." meddai John.

Gwyddai Dennis fod John wedi mopio'i ben â Lisa. Roedd *pawb* wedi mopio'u pennau â hi. Syllodd Dennis a Lisa arno am eiliad. Doedd ei geg o ddim yn gweithio'n iawn.

"... yyyymmm ... bewtineudfama?" llwyddodd i fwmian yn y diwedd, fel petai ei geg yn llawn gwlân cotwm.

"Dwi yma i weld Dennis," atebodd Lisa.

"Dennis?" Trodd John at ei frawd yn ara' deg, a'i lygaid yn llawn anghrediniaeth. "Ond ..." Wnaeth o ddim gorffen y frawddeg, dim ond dilyn Lisa a Dennis i'r gegin.

"Ww, dwi wrth fy modd efo *Rownd a Rownd*!" dywedodd Lisa.

"A finna 'fyd," cytunodd Dennis.

Edrychodd John yn ddu arno, edrychiad a ddywedai, *Y celwyddgi bach digywilydd. Dwyt ti 'rioed wedi dangos UNRHYW fath o ddiddordeb yn hynt a helynt trigolion Porthaethwy cyn heddiw.*

Anwybyddodd Dennis ei frawd, gan edrych ar Lisa. "Wyt ti isio paned?" holodd.

"Te, plis," atebodd hithau.

"Cŵl."

Ti byth yn dweud "cŵl", y bwbach bach annifyr.

"Nesh i fwynhau ddoe," meddai Lisa.

"A fi."

Dwi'm yn gwybod be dach chi'ch dau wedi bod yn ei wneud ddoe, ond dwi'n ei gysidro'n frad o'r radd flaenaf! Yn sarhad! Boed i dy enaid losgi am dragwyddoldeb am y ffasiwn dramgwydd yn erbyn dy frawd hyna ...

Penderfynodd Dennis beidio ag edrych ar John ddim mwy. "Be am i ni fynd i'r stafell fyw?"

Ddaeth John ddim ar eu holau y tro yma, ac ar ôl rhai munudau clywodd y ddau y drws ffrynt yn cau'n glep.

"Sut w't ti'n teimlo heddiw?" holodd Lisa'n llawn cyffro.

"Wel ... gwych! Dwi'n teimlo'n hollol wych!"

"Go dda! Achos dwi wedi cael syniad bach," atebodd Lisa "Ella bydd o'n swnio 'chydig yn wallgo, ond ..."

"Be?" gofynnodd Dennis.

"Wel, w't ti'n cofio pan wnes i ddeud ddoe na fyddai neb yn gallu deud taw bachgen w't ti?"

"Yndw," atebodd Dennis yn araf.

"Wel, mae 'na rai o'r dosbarth Ffrangeg wrthi'n gwneud trip cyfnewid, ac mae 'na blant o Lydaw yn aros efo nhw wythnos yma ..."

Doedd Dennis ddim yn deall.

"Felly mi wnes i feddwl y byddwn i'n gallu dy wisgo di mewn ffrog a cholur eto, ac ella mynd draw i siop Huw a deud mai un o'r disgyblion o Lydaw w't ti! Fyddai ddim rhaid i ti ddeud unrhyw beth, achos mai Llydawes fyddi di!"

Doedd Dennis ddim yn gwybod sut i ymateb. Roedd o'n syniad gwallgof.

"Mi allai fod yn hwyl," cynigiodd Lisa.

"Na. Ddim ar unrhyw gyfrif," atebodd Dennis.

"Ond dychmyga'r peth, Dennis! Fyddai 'na neb yn sylwi!"

"Dwi'n mynd i siop Huw bob dydd. Mi fyddai'n siŵr o fy nabod i!"

"Dwi'm yn meddwl. Edrycha, dwi 'di ffeindio wig a bob dim. Ychydig o golur a fydd neb ddim callach. Mi fydd o'n hwyl, jest fel ddoe. Be amdani? Wnawn ni o rŵan!"

"Rŵan?!"

"Ia, mae hi'n ddydd Sul felly mi fydd hi'n dawel.

Mae'r ffrog gen i yn fa'ma. Ro'n i'n gobeithio y bysat ti'n cytuno."

"Dwn i ddim, Lisa. Mae gen i lot o waith cartre i'w wneud."

"Dwi 'di dod â handbag hefyd."

Ddeng munud yn ddiweddarach syllodd Denise ar ei hadlewyrchiad yn nrych y cyntedd. Roedd ffrog las, lachar amdani a bag bach lliw arian yn ei llaw. Gwisg i barti oedd hon, ddim y math o beth y byddech yn ei wisgo i bicio i'r siop fore Sul, ac yn sicr ddim y math o beth y byddai bachgen deuddeg oed yn ei wisgo, ond gan ei fod wedi cael cymaint o hwyl wrth baratoi doedd Dennis ddim am gwyno.

"Ydi Huw yn mynd i gredu mai hogan ysgol o Lydaw ydw i?" gofynnodd Dennis am y canfed tro.

"Ti'n edrych yn wych, Dennis! Hyder ydi bob dim. Os w't ti'n coelio mai hogan ysgol o Lydaw w't ti, mi fydd pawb arall hefyd."

"Hm ..."

"Tyrd, gad i mi dy weld di'n cerdded."

Ceisiodd Dennis roi tro bach o gwmpas y cyntedd yn ei sodlau uchel.

"Ha ha, ti fel llo bach yn cymryd ei gamau cyntaf," chwarddodd Lisa.

"Diolch ..." atebodd Dennis.

"Gwranda, mi w't ti angen sefyll yn syth mewn sodlau uchel. Gwna fel fi."

Ceisiodd Dennis ddynwared osgo Lisa, a theimlo'n fwy hyderus yn syth. "Maen nhw'n eitha braf a deud y gwir!" dywedodd.

"Ydyn," atebodd Lisa. "Ac maen nhw'n gwneud i dy goesau di edrych yn wych!"

"Ydi Denise yn enw credadwy?"

"Wrth gwrs, 'mond i ti ei ddeud o â'r acen iawn, Den-eeze!"

"Bonjour, je m'appelle De-neeze," cynigiodd Dennis dan chwerthin.

"Bonjour, Denise. Vous êtes très belle," atebodd Lisa.

"Merci beaucoup, Madamoiselle Lisa."

Dechreuodd y ddau chwerthin.

"Wyt ti'n barod?" holodd Lisa.

"Nacdw. Wrth gwrs 'mod i ddim ... Ond dwi'n mynd, doed a ddelo!"

Agorodd Lisa y drws a chamodd Dennis i lygaid yr haul.

10

Creision Bara Lawr

Ar y cychwyn gafaelodd Lisa yn ei fraich rhag i Dennis ddisgyn, ond ymhen ychydig daeth i arfer â'r sodlau a cherdded tamaid yn fwy naturiol. Gall hi gymryd tipyn o amser i ddod i arfer yn iawn – nid 'mod i'n siarad o brofiad, wrth gwrs. Clywed ffrind yn sôn wnes i.

Ymhen dim roedd y ddau y tu allan i'r siop. Cymerodd Dennis anadl ddofn a gwasgodd Lisa ei law. Camodd y ddau trwy'r drws.

"Bore da i chi, Lisa!" gwaeddodd Huw o gefn y siop. "Mae gen i gopi arbennig o *Vogue* i ti! O'r Eidal. Bellissimo!"

"Gwych! Diolch, Huw," meddai Lisa.

"A phwy ydi dy ffrind newydd?"

"Dyma Denise, ar daith gyfnewid o Lydaw."

Craffodd Huw ar Denise am eiliad.

"Croeso i'r siop, Denise!" Doedd o'n amau dim. "Hon, o bosib, yw'r siop orau o'i bath yng Nghymru! Y mae yma bopeth y byddai unrhyw un ei angen, yn enwedig i gwsmer o wlad dramor. Dyma gardiau post, er enghraifft." Gwthiodd becyn o gardiau post gwag tuag atyn nhw.

"Does na'm lluniau ar y rhain, Huw," dywedodd Lisa.

"Craff iawn, Lisa! Cewch lunio golygfeydd enwocaf Cymru arnyn nhw o'ch pen a'ch pastwn eich hunan. Mae gen i gasgliad dihafal o binnau ffelt!" Pwyntiodd at gornel bella'r siop, ond doedd dim pinnau ffelt i'w gweld yno. "Un o Lydaw ydych chi, felly?" holodd wedyn.

"Ia," atebodd Lisa.

"Oui," ategodd Dennis yn betrus.

"Mae wedi bod yn freuddwyd gennyf ers tro byd i ymweld â Llydaw. Dydi o ddim yn bell o Ffrainc, nac ydi?"

"Ym ... nac ydi, am wn i," atebodd Lisa.

"Nac ydi, wir. Os oes unrhyw beth y byddwch ei angen yn ystod eich ymweliad, rwyf i, Huw, yma i'ch gwasanaethu, Miss ... beth oedd eich henw eto?"

"Denise," atebodd Lisa.

"De-neeze," ategodd Dennis.

"Dyna acen hyfryd!" dywedodd Huw.

"Merci," atebodd Dennis.

"Ac yn deall Cymraeg hefyd? Wel, wir!"

"Well i ni fynd!" dywedodd Lisa'n frysiog, gan wthio Dennis tua'r drws.

"Ond beth am y *Vogue*, a beth am fargeinion y dydd?" gwaeddodd Huw cyn iddyn nhw fynd gam ymhellach. "Mae gen i gasgliad arbennig o greision blas bara lawr, dim ond ychydig flynyddoedd oed. Deuddeg pecyn am bris deg! Danteithion amheuthun o Gymru! Anrhegion gwych i'r teulu draw yn Llydaw!"

"Dim ond y *Vogue*, Huw, diolch," meddai Lisa, gan roi'r arian ar y cownter.

"Dach chi'n colli pres wrth beidio, ferched! Mae tatws 2007 yn enwog ymysg gwybodusion y byd creision!"

"Hwyl, Huw!" gwaeddodd Lisa wrth fynd trwy'r drws.

Daeth Huw ar eu holau a dau focs o greision yn ei freichiau. "Prynwch focs a chewch un am ddim. Bargen y ganrif!"

Rhedodd y ddau i lawr y stryd gan chwerthin, a sŵn llais Huw yn atsain o'u cwmpas.

"Au revoir!" ychwanegodd Dennis, a'i gorff yn crynu gan gyffro.

11

Mae'r Esgid Fach yn Gwasgu

"Mi oedd hynna'n wych! Wnaeth o ddim amau o gwbwl!" meddai Dennis wrth iddyn nhw gerdded yn ôl am y tŷ.

"Naddo, ond bydd raid i ti fod yn ofalus, Dennis. Dim Cymraeg o hyn ymlaen, neu mi fyddi di'n denu gormod o sylw!"

"Wnes i ddim meddwl, ond wnaeth o dal ddim sylwi! Dyna'r hwyl ora i mi gael ers ... wel, erioed!"

"Wyt ti isio mynd i ganol dre 'ta?" gofynnodd Lisa.

"Mi faswn i, ond ma'r sgidia 'ma'n gwasgu!" atebodd Dennis.

"Tydi bod yn hogan ddim mor hawdd â hynny, nac ydi?"

"Doedd gen i ddim syniad eu bod nhw mor anghyfforddus. Sut dach chi'n llwyddo i'w gwisgo nhw bob dydd?" Eisteddodd Dennis ar y pafin a rhwbio'i draed. "Ella byddai'n well i mi fynd 'nôl adra, Lisa. Dwi 'di gaddo cyfarfod John yn y parc a dwi angen newid o'r dillad 'ma."

"Cer 'ta, yr hen surbwch!" chwarddodd Lisa, ond roedd y siom i'w gweld yn ei gwên.

"Bore da, Lisa!"

Trodd y ddau i weld Idris, bachgen o'r un flwyddyn ysgol â Lisa, wedi colli ei wynt yn lân ar ôl cerdded i fyny'r allt. Idris oedd un o'r plant tewaf yn yr ysgol, ac yn dioddef oherwydd y sylw y câi o yn sgil hynny. Roedd ar y ffordd yn ôl o siop Huw gyda llond bag o felysion.

"Helô, Idris!" atebodd Lisa'n hwyliog, gan

edrych ar Dennis cystal â dweud, *Paid â phoeni, mi wna i ddelio efo hyn.*

"Sgen ti 'wbath neis yn y bag 'na, Idris?" holodd. Lisa oedd un o'r ychydig rai i ddefnyddio enw iawn Idris. Cader Idris oedd o i bawb arall.

"Dim ond brecwast bach – Maltesers, Bounty, Toblerone, saith pecyn o greision blas bara lawr oedd ar gynnig arbennig, bocs o Creme Eggs, a Diet Coke."

"Diet Coke?" holodd Lisa.

"Ia, dwi'n trio colli pwysau," atebodd Idris, heb eironi.

"Pob lwc," atebodd Lisa, *bron* heb ironi.

"Pwy ydi dy ffrind di?"

"Oh, Denise ydi hon. Ar drip cyfnewid o Lydaw. Dydi hi'm yn siarad Cymraeg."

Gwenodd Dennis arno.

"Bonjŵr, Denise, je mapel Idris," cynigiodd Idris.

"Bonjour, Idris," atebodd Dennis, yn falch o glywed safon ei Ffrangeg.

Trodd Idris yn ôl at Lisa. "Ydi hi'n dod i'r ysgol fory? Gobeithio'i bod hi, ma' merched Llydaw yn lyfli."

"Ym ... yndi. Wrth gwrs ei bod hi," atebodd Lisa.

"Be?!" ebychodd Dennis, gan anghofio am eiliad mai Denise oedd hi.

"Be mae hynny'n feddwl yn Gymraeg?" gofynnodd Idris cyn stwffio Creme Egg cyfan i mewn i'w geg.

"Deud ei bod hi angen mynd mae hi. Hwyl i ti, Idris!" brysiodd Lisa.

"Orefwâr, ferched!" galwodd yntau drwy lond ceg o siocled.

Ar ôl iddyn nhw droi'r gornel, trodd Dennis at Lisa. "Be sy'n bod arnach chdi? Alla i ddim mynd i'r ysgol fel'ma!"

"Mi fydd o'n hwyl, Dennis! Does 'na neb wedi dy nabod di hyd yma, a fydd dim rhaid i ti siarad efo neb – does 'na neb yn gallu siarad Ffrangeg yn yr ysgol! Mi fydd pawb yn meddwl mai hogan w't ti – dy ffrindia, dy athrawon, dy frawd ..."

"Wel ... mi fyddai'n hwyl."

"C'mon, Dennis!"

"Ocê 'ta, ond mae 'na un amod!"

"Unrhyw beth!" atebodd Lisa.

"Dwi angen sgidia fflat!"

Chwarddodd y ddau. Ac wrth gerdded yn ôl adre efo Lisa, roedd calon Dennis yn ysgafn fel pluen. Wnaeth y teimlad hwnnw ddim para'n hir, gwaetha'r modd.

12

Byd Arall

"Dwi'n dal yn poeni am y sgidia 'ma," cwynodd Dennis.

"Maen nhw'n iawn, siŵr. Wnaiff neb yn sylwi arnyn nhw."

Safai Lisa y tu allan i giatiau'r ysgol, ac wrth ei hymyl safai Denise mewn ffrog oren. Roedd hi'n fore Llun.

"Alla i ddim gwneud hyn ..." dechreuodd Dennis, ond rhoddodd Lisa ei llaw ar ei ysgwydd.

"Paid â phoeni," atebodd. "Mi fyddi di'n iawn. Does dim rhaid i ti ddeud dim, does 'na neb yn siarad Ffrangeg yma! Maen nhw'n cael digon o drafferth efo Cymraeg a Saesneg, heb sôn am unrhyw iaith arall!"

Wnaeth Dennis ddim chwerthin. Roedd ei gyhyrau wedi cloi.

"Gwranda, wnaiff neb dy adnabod di. Ond os w't ti wir yn poeni, mi allwn ni fynd adra. Does 'na ddim cywilydd yn hynny."

Cysidrodd Dennis am eiliad cyn ateb, "Na, mi fyddai hynny'n siom."

Gwenodd Lisa. "Gwych! Ffwrdd â ni, felly."

Cychwynnodd y ddau tuag at adeiladau'r ysgol, ond ar ôl ychydig gamau clywodd Dennis lais yn sibrwd yn ei glust. "Ara' deg, Dennis! Cofia mai merch ysgol w't ti nid *supermodel*! Ti'n denu gormod o sylw!"

"Sorri!" atebodd, cyn cywiro ei hun. "*Desolée* dwi'n feddwl. Wps!"

Arafodd ei gam. Roedd ambell un o'r plant yn

syllu, ond doedd hynny ddim yn beth anarferol; wedi'r cyfan, roedd bechgyn wastad yn syllu ar Lisa. A heddiw, wrth iddi hebrwng merch ddieithr mewn ffrog oren lachar, roedd mwy o syllu nag arfer. Ond doedd Dennis ddim yn poeni; a dweud y gwir roedd o'n eitha mwynhau teimlo'r llygaid arno.

Gwelodd Darvesh yn disgwyl amdano wrth y drws, fel pe bai'n ddiwrnod cyffredin arall. Daliodd lygad Dennis am hanner eiliad cyn parhau i chwilio amdano yn y dorf. *Dydi hyd yn oed fy ffrind gorau ddim yn fy adnabod!* meddyliodd Dennis.

Cerddodd y ddau tua dosbarth cofrestru Lisa. Doedd John ddim yn yr un dosbarth cofrestru, diolch i Dduw, er ei fod yr un oed â Lisa, a doedd Dennis ddim yn adnabod y wynebau eraill chwaith. Mae hi'n hawdd bod yn anweledig yng nghanol ysgol o fil o ddisgyblion, heblaw eich bod yn hynod o hardd (fel Lisa), neu'n ordew (fel Idris), neu eich bod wedi stwffio'ch pidyn i ganol tiwb gwydr yn y wers Gemeg (fel Emrys Evans).

Roedd y gloch eisioes wedi canu erbyn iddyn nhw gyrraedd, a Miss Williams wrthi'n galw'r gofrestr. Miss Williams oedd athrawes ddosbarth Lisa, ac roedd y plant yn hoff ohoni. Ei hunig broblem oedd yr oglau nionod a garlleg ar ei gwynt o fore gwyn tan nos. Roedd 'na sôn ei bod hi wedi anadlu ar un o ffenestri stafell yr athrawon un tro wrth geisio'i glanhau, a bod y gwydr wedi chwalu'n deilchion. Doedd Dennis ddim yn siŵr a oedd o'n credu'r stori honno.

"Tomos Brooks."

"Yma."

"Arwel Davies."

"Yma."

"Llio Griffiths."

"Yma."

"Lisa James, ti'n hwyr."

"Sorri, miss."

"A phwy ydi hon?"

"Denise, ar drip cyfnewid o Lydaw."

"Wnaeth 'na neb sôn wrtha i am hyn."

"Rydw i wedi trafod y peth efo Prydderch, miss."

"*Mr* Prydderch i chi, Miss James."

"Ddrwg gen i, miss. Ond deudodd Mr Prydderch fod popeth yn iawn."

Craffodd Miss Williams ar Dennis am ychydig. Teimlai hwnnw'r chwys yn dechrau casglu ar ei dalcen ac roedd yn siŵr fod ei golur yn toddi.

"Ocê. Eisteddwch, Denise."

"Tydi hi'm yn siarad Cymraeg, miss," eglurodd Lisa.

"Hm. Ydi hi'n siarad Saesneg?" gofynnodd Miss. Williams.

"Ambell air."

"O, reit ... felly, *bonjour*, Denise ... ym ..."

Methodd Miss Williams barhau. Yn hytrach dechreuodd bwyntio at Dennis, ac yna at gadair wag, gan wenu a nodio'n frwd. Aeth Dennis i eistedd. Eisteddodd Lisa drws nesa iddo a gafael yn ei law o dan y ddesg. Aeth Miss Williams ymlaen â'r gofrestr.

Wrth fynd tua'r wers gyntaf clywodd Lisa a Dennis sŵn rhygnu y tu ôl iddyn nhw. Idris. Ac yn amlwg wedi rhedeg yr ugain llath olaf tuag atyn nhw.

"Helô ... Lisa ..." Doedd o'n dal ddim wedi cael ei wynt ato. "... Bonjŵr ... Denise."

"Bore da, Idris," atebodd Lisa. "Sud mae'r deiet yn mynd?"

"Ara' deg braidd," atebodd Idris wrth agor paced Twix. "Isio holi Denise oeddwn i, os nad ydach chi'ch dwy'n brysur, wrth gwrs, a ydi hi isio – ac mi gaiff hi ddeud na wrth gwrs – a hoffai hi fynd i'r dre am hufen iâ neu dri efo fi heno 'ma?"

Edrychodd Dennis ar Lisa mewn panig ond roedd hi'n wên o glust i glust.

"Sorri, Idris. Dwi'n siŵr y byddai hi wrth ei bodd, ond mi 'dan ni wedi trefnu rhwbath ar gyfer heno'n barod, mae arna i ofn. Y tro nesa y bydd hi'n dod draw, ella!"

Roedd siom yn llygaid Idris, ond doedd hi ddim wedi'i frifo wrth wrthod y cynnig yn lân. Wedi i Idris droi'r gornel trodd Lisa at Dennis a sibrwd, "Mae o'n dy ffansïo di go iawn, Denise!"

"Dwi'n gwbod!" llefodd Dennis yn boenus.

"Paid â phoeni. Mae hyn yn beth da! Mae'n dangos dy fod di'n edrych fel hogan go iawn!" chwarddodd Lisa.

"'Di hyn ddim yn ddigri!"

Chwarddodd Lisa eto cyn ei arwain tua'r dosbarth.

Daearyddiaeth oedd y wers gyntaf, ac erbyn hynny, wnaeth neb fawr o sylw o'r ffaith fod 'na ferch ddieithr mewn ffrog oren yn eu plith. Sylwodd neb yn y wers wyddoniaeth chwaith. Trafodwyd magnetau. Diflas tu hwnt. Doedd Dennis ddim yn cael blas ar wersi gwyddoniaeth pan oedd yn fachgen; roedd yn cael llai o flas arnyn nhw ac yntau'n ferch. Er hyn, aeth y bore'n syndod o dda, a cheisiai gofio ambell reol euraid:

Peidio â dweud gair,

Croesi coesau wrth eistedd, ac yn bwysicaf oll,

Peidio tynnu sylw'r bechgyn hŷn.

Yn ystod amser egwyl cododd y broblem fawr gyntaf.

"Lisa!" sibrydodd Dennis yn frysiog. "Dwi angen mynd i'r tŷ bach!"

"A finna," atebodd Lisa. Doedd hi ddim fel petai hi'n deall y broblem. "Mi awn ni efo'n gilydd. Tyrd." Gafaelodd yn ei law a'i lusgo trwy ddrws tai bach y genod.

Ac i ganol byd arall ...

Anaml y byddai unrhyw beth cyffrous yn digwydd yn nhai bach y bechgyn. Ymddangosai graffiti newydd bob hyn a hyn, ond fel rheol busnes oedd yn bwysig, a dyna'r cyfan. Yn sicr, doedd o ddim yn lle i loetran a chlebran.

Nid felly toiledau'r genod. Roedd fan'no fel ffair.

Safai dwsinau o ferched o flaen y drychau yn cystadlu am batshyn er mwyn ymbincio, eraill yn trafod materion y dydd drwy ddrysau'r toiledau. Yma câi'r byd ei roi yn ei le.

Ymunodd Lisa a Dennis â'r ciw. Doedd Dennis ddim wedi disgwyl gorfod aros, ac er ei fod ar

bigau, sylwodd ei fod yn mwynhau'r holl siarad a'r clebran. Roedd y merched yn ymddwyn mor wahanol pan nad oedd bechgyn o'u cwmpas, yn chwerthin ac yn rhannu cyfrinachau.

Cyn gadael, aeth Lisa at y drych a thacluso'i minlliw. "Wyt ti am i mi wneud i chdi?" holodd yn dawel. Nodiodd Dennis.

"Be am liw gwahanol tro 'ma?" gofynnodd, ond llais arall atebodd.

"Mae gen i un pinc newydd yn fa'ma, Lisa!"

Un o'r merched yn y drych nesa.

"Mae gen i *eyeshadow* newydd hefyd!"

Llais arall.

Ymhen dim, roedd haid o ferched wedi ymgasglu o amgylch Dennis efo'u brwshys a'u minlliw, yn twtio ac yn addurno ac yn siarad pymtheg y dwsin. Ac yng nghanol y storm o glityr a cholur a chleber, teimlai Dennis, am y tro cyntaf ers blynyddoedd ... yn arbennig.

13

Gwers Ffrangeg

"Dwi'm yn coelio hyn!"

"Shh!" sibrydodd Lisa.

"Sut wnest di anghofio?"

"Dwi'm yn gwbod, sorri! Ond mi fydd hi'n iawn, dwi'n siŵr."

"Lisa, dwi mewn gwers Ffrangeg! Sut yn union bydd hi'n iawn?"

Yr eiliad honno camodd Miss Martin i mewn i'r stafell.

"Bonjour, la classe!"

Gweddïodd Dennis o dan ei wynt.

"Bonjour, Miss Martin," atebodd y dosbarth yn

unsain. Dechreuodd Miss Martin bob gwers yn yr un modd, am ei fod yn rhoi'r argraff am un eiliad fod y disgyblion oll yn rhugl. Ond cyn iddi barhau â'r ffugio, trodd yn syn at Dennis. Wrth gwrs ei bod hi wedi sylwi arno; wedi'r cyfan, mae hi'n anodd cuddio mewn ffrog oren.

"Et qui êtes-vous?" holodd Miss Martin, a teimlodd Dennis ei berfedd yn disgyn o'i gorff.

"Pwy wyt ti?" ceisiodd eto. Roedd Cymraeg yn cael mwy o ymateb na Ffrangeg fel rheol. Roedd llygaid pawb ar Dennis erbyn hyn, a distawrwydd hyd y dosbarth.

"Fy ffrind i o'r Almaen ydi hi, miss," atebodd Lisa o'r diwedd. Trodd pawb ati.

"Ro'n i'n meddwl mai o Lydaw roedd hi'n dod," dywedodd Idris yn ddiniwed.

"Ym ... wel ... ie, wrth gwrs ... ardal y ffin."
Edrychodd Lisa'n filain ar Idris.

Tra oedd Lisa yn ymbalfalu am rywbeth pellach
i'w ddweud, dechreuodd wyneb Miss Martin
oleuo.

"Merch sy'n medru siarad Ffrangeg – yn fy
nosbarth i! Ah, mais soyez la bienvenue! Quel
grand plaisir de vous accueillir dans notre humble
salle de classe! C'est tout simplement merveilleux!
J'ai tant de questions à vous poser. De quelle région
de la Bretagne venez-vous? Comment sont les
écoles là-bas? Quel est votre passe-temps favori?
Que font vos parents dans la vie? S'il-vous-plaît,
venez au tableau er décrivez votre vie en Bretagne
pour que nous puissions tous en bénéficier. Ces
élèves pourraient tirer grand profit d'un entretien
avec une vraie Française telle que vous! Mais
rendez-moi un service, ne me corrigez pas devant
eux!"

Wrth gwrs, doedd gan Dennis ddim syniad beth roedd Miss Martin newydd ei ddweud. Does gen innau ddim chwaith. A dweud y gwir, roedd rhaid i mi gael ffrind i gyfieithu'r holl beth i mi. Yn fras, mae Miss Martin yn dweud ei bod wrth ei bodd o gael merch o Lydaw yn ei dosbarth, ac yn holi sawl cwestiwn am fywyd Llydaw. Wel, dyna mae hi newydd ei ddweud, yn ôl fy ffrind, os nad yw hwnnw'n chwarae tric arna i.

"Ym ... oui," atebodd Dennis, gan obeithio byddai hynny'n ei ddigoni. Llusgwyd Dennis at flaen y dosbarth. Doedd yr ateb ddim yn ddigon, felly.

"Oui, c'est vraiment merveilleux. On devrait faire cela tous le jours! Faire venir des élèves dont le français est la langue maternelle! Ce sont les jours comme celue-ci que je me souviens pourquoi j'ai voulu devenir prof. S'il vous plaît, racontez-nous vos premières impressions du Pays de Galles."

Daliodd Dennis lygad Lisa. Roedd hi'n wyn fel y galchen a'r stafell ddosbarth yn hollol dawel. Yr unig beth i'w glywed oedd sŵn Idris yn sugno ei Rolos.

"Ym ...." dechreuodd Dennis siarad o'r diwedd. "May I speak English for une petit moment?" Roedd ei acen ychydig yn rhy drwm i fod yn gredadwy.

"Ym. Of course, go ahead" atebodd Miss Martin, wedi'i siomi o orfod troi o'r Ffrangeg.

"Ymm ... 'ow can I put this, how you say ... politely?"

"Poliment, oui."

"Madame Martin, I'm sorry but your French accent is very bad and I didn't understand a word you said."

Bu distawrwydd. Hyd yn oed cyn i'r deigryn cyntaf ddechrau cronni yn llygaid Miss Martin gwyddai Dennis mai dyna'r peth gwaethaf, y peth mwyaf creulon, roedd o erioed wedi'i ddweud. Edrychodd draw at Lisa. Roedd hi'n gandryll. Wrth gwrs ei bod hi.

"Ydach chi'n iawn, miss?" holodd rhywun o'r rhes flaen.

"Yndw ... yndw, tad," atebodd hithau'n dawel. "Bien merci. Rhywbeth yn fy llygaid, dyna'r cwbwl."

Safodd yno'n simsan, fel pe bai'r llawr y tu ôl i'w desg wedi troi'n dywod. "Darllenwch o'r gwerslyfr am ychydig," meddai'n gryg. "Rhaid i mi bicio allan."

Herciodd tua'r drws yn araf a'i gau ar ei hôl. Ar ôl rhyw ddeg eiliad daeth sŵn gwichian o'r coridor. Dechreuodd yn dawel, gan godi'n uwch ac yn uwch, fel tecell yn dechrau berwi.

"aaaaaaaaaaaaaaaaaaaaaaaaaaaaaaaaaaaaaaaaa aaaaaaaaaaaaaaaaaaaaaaaaaaaaaaa!!!!!"

Parhaodd hyn am ychydig funudau.

Edrychodd Lisa ar Dennis. Plygodd hwnnw ei ben ac aeth i'w gadair heb ddweud gair. Ymhen hir a hwyr daeth Miss Martin yn ôl i'r stafell, ei hwyneb yn goch a'i llygaid fel cwrens duon.

"Reit 'ta, ddosbarth. Trowch at dudalen 58, ac ateb y cwestiynau, s'il vous plaît."

Ni fu'r dosbarth erioed mor ufudd â'r eiliad honno.

"Ydach chi isio Rolo, miss?" holodd Idris o gefn y stafell. Gwyddai o'n fwy na neb am y cysur oedd i'w gael mewn talp o siocled.

"Dim diolch, Idris. Mi fydd yn tarfu ar fy nghinio. Dwi'n cael ... bœuf ... *bourgignon* ..." snwffiodd. Yna dechreuodd feichio crio eto.

14

Hen Bren a Pholish

"Yr hen **?!*$%** gwirion!"

Maddeuwch i mi, ddarllenwyr. Er 'mod i'n gwybod bod plant go iawn yn rhegi, alla i ddim rhoi rhegfeydd mewn llyfr plant mor safonol â hwn. Mae'n *&^**%$* ddrwg gen i.

"Ddylsat ti ddim rhegi, Lisa," atebodd Dennis yn dawel.

"Pam lai?" gofynnodd Lisa'n flin.

"Rhag ofn i'r athrawon glywed."

"Dydi hi ddiawl o ots gen i pwy sy'n clywed!" meddai Lisa. "Sut allet ti fod mor greulon?"

"Dwn i ddim ... dwi'n teimlo mor euog, Lisa."

"Roedd hi'n amser cinio a'r ddau yn cerdded tua'r iard. Safai criwiau o ffrindiau ym mhob cornel yn siarad ac yn chwerthin a chwarae, yn gwneud y mwyaf o'u rhyddid cyn i'r gloch eu galw'n ôl i'r gwersi. Roedd ambell ffrind yn cicio pêl, ond anwybyddodd Dennis yr ysfa i ymuno â'u gêm. Mi fyddai'n rhy anodd mewn ffrog dynn.

Heb sôn am y sodlau uchel.

"Ella dyliwn i ymddiheuro i Miss Martin," dywedodd Dennis.

"*Ella*?" tagodd Lisa. "Mae'n rhaid i ti! Well i ni fynd i'w ffeindio hi. Mae'n siŵr ei bod hi yn y ffreutur, a'i *bourgignon* yn llawn dagrau."

"Paid â gwneud i mi deimlo'n waeth."

Wrth gerdded yn ôl am y ffreutur, teimlodd Dennis bêl yn taro'i ffêr.

"Cicia hi'n ôl, del!" Llais Darvesh.

"Paid gwneud dim byd rhy ffansi," rhybuddiodd Lisa dan ei gwynt, ond roedd greddf Dennis yn rhy gryf. Stopiodd y bêl yn chwim â blaen ei droed, camodd yn ôl cyn rhedeg ati a'i chicio i'r awyr tuag at ei ffrind. Roedd hi'n bas arbennig, yn enwedig o gysidro maint y sodlau, a glaniodd yn union wrth draed Darvesh.

Ond canlyniad y gic nerthol oedd i esgid Dennis hedfan o'i droed ... ac i'r wig ddisgyn yn swp blewog ar y llawr.

Mewn eiliad newidiodd popeth. Diflannodd Denise. Safai Dennis yng nghanol yr iard mewn ffrog. Lledodd distawrwydd hyd yr iard gyfan, fel tonnau yn ymledu ar wyneb llyn. Syllodd pawb yn gegrwth.

"Dennis ...?" holodd Darvesh, heb gredu'r hyn oedd o flaen ei lygaid.

"... Denise," atebodd Dennis dan ei wynt, a theimlo holl obaith yr enw yn pylu'n araf wrth iddo ei ynganu. Fedrai o ddim symud. Teimlai fel petai'n sownd mewn mwd hyd at ei benugliniau.

Edrychodd draw at Lisa a'i chael yn welw. Clywodd y chwerthiniad cyntaf.

A'r ail.

Ac un arall.

Ac un arall.

Doedd o ddim yn chwerthin cynnes, y math ddaw o glywed jôc dda. Chwerthin creulon oedd hwn, y math sy'n brifo, ac roedd yn cryfhau wrth i nerth Dennis bylu. Roedd fel petai'r holl fyd yn chwerthin ar ei ben. Yn dragywydd.

"Hahahahahahahahahahahaha
Hahahahahahahahahahahahahahaha
Hahahahahahahahahahahahahahahah
Hahahahahahahahahahahahahahahaha
hahaHhahahahahahahahahahahahahahaha
hahahHahahahahahahahahahahahahhaha
hahHahahahahahahahahahahahahahah
ahahahahahahHahahahahahahahahahahahah
hahahahahahaHahahahahahahahahahahahahaha

hahahahaHahahahahahahahahahahahaha
hahahahahahahahHahahahahahahahahaha
hahahahahahahahahahahahahahahahahhahahahah
ahahahahahahahahaHahahahah
ahahahahahahahahahahahHahahahahahahaha
hahahahahahahahahahahahahahaHahahahahaha
hahahahahahahahahahahahahHahahahahahaha
hahahahahahahahahhahahahahHahahahahah
ahahahahahahahahahahahahahahahahHahahahaha
hahahahahahahahahhahahahahahaHahahahah
ahahahahahahahahahahahahahahahaHahahahaha

hahahahahahahahahahahahahahahHah
ahahahahahahahahahahahahahahahahaha
hahahahahahahahhahaahahahahahahahahah
ahahhahahahahahahahahahahahahah
ahahHahahahahahahahahahahahaha
hahHahahahahahahahahahahahahahaha
hahahahaHhahahahahahahahahahahahahahah
ahahhahahahHahahahahahah
ahahahahahahahahahahahahahahHahahahahah
ahahahahahahahahahhahahahahahahaHahahahaha
hahahahahaHahahahahahaha!"

"TAWELWCH!"

Trodd pawb i wynebu Mr Prydderch. Estynnodd ei fys main tuag at Dennis.

"Fi?" gofynnodd Dennis yn ddiniwed.

"Ia, chdi. Y bachgen mewn ffrog," atebodd y prifathro.

Edrychodd Dennis o'i gwmpas, gan obeithio bod yna fachgen arall mewn ffrog y tu ôl iddo'n rhywle.

"Fy swyddfa i, RWÂN!"

Roedd llygaid ei holl gyfoedion arno wrth iddo ddechrau hercian tua'r drws.

"Dennis," galwodd Lisa, "mae dy esgid arall di'n fa'ma!" Ond anwybyddodd Dennis hi. Doedd y sgidiau ddim yn bwysig bellach.

Pylodd lliw'r ffrog yn syth wrth i Dennis gamu i mewn i'r swyddfa. Gorweddai'r aer yn drwm dan arogl hen bren a pholish, ac wrth iddo gerdded at y ddesg hen ffasiwn, rhythai canrif o brifathrawon arno o'r tu ôl i'w fframiau duon ar y waliau. Doedd Dennis ddim wedi bod yn y stafell yma o'r blaen. Dim ond plant drwg oedd wedi gweld y tu hwnt i'r drws. Un peth a wyddai pob disgybl a fentrai trwy'r drws hwnnw; roedd hi wedi canu arnyn nhw.

"Wyt ti wedi colli dy bwyll, was?" gofynnodd Mr Prydderch o'r tu ôl i'w ddesg fawr, ddu.

"Nadw, syr."

"Pam felly dy fod yn gwisgo ffrog oren a sodlau uchel?"

"Dwi ddim yn gwbod, syr."

"Ti ddim yn gwybod?" holodd yn anghrediniol. Gwyrodd ymlaen. "Ai *minlliw* ydi hwnna?!"

Roedd Dennis yn agos at ddagrau, a'r prifathro'n gwybod hynny. Er hyn, ni ddangosodd unrhyw dosturi.

"Paredio o gwmpas yr ysgol mewn colur a sodlau uchel? Mae'n ffiaidd. Yn afiach. Yn annaturiol!"

"Mae'n ddrwg gen i, syr."

Llithrodd deigryn i lawr boch Dennis gan lanio ar ei wefus. Roedd yn gas ganddo'r blas hallt.

"Mae'n gywilyddus," aeth Mr Prydderch yn ei flaen. "Oes gen ti gywilydd? Dwi'n gobeithio bod gen ti."

"Oes, syr."

Ac mi roedd o, am y tro cyntaf erioed.

"Mae'n ddrwg gen i, syr."

"Mae'n rhy hwyr i ymddiheuro, hogyn. Dwi wedi cael digon. Colli gwersi, amharchu athrawon – rwyt ti wedi dwyn gwarth ar yr ysgol. Alla i ddim caniatáu i rywun ... llygredig ... fel ti barhau i fynychu'r ysgol. Mae'n amhosib."

"Ond ..."

"Rwy'n dy ddiarddel di, ar unwaith."

"Ond ...!"

"DYNA DDIGON! RWYT TI WEDI DY DDIARDDEL. RWYT TI'N TRESMASU AR DIR YR YSGOL. ALLAN Â TI!"

15

Dim Mwy i'w Ddweud

"Dy ddiarddel?"

"Ia, Dad."

"DIARDDEL?!"

"Ia."

"Ond sut? Pam?"

Roedd hi'n bedwar o'r gloch a'r ddau'n eistedd yn y stafell fyw, gyda Dennis yn ôl yn ei ddillad arferol a'r colur wedi'i olchi oddi ar ei wyneb. Doedd ganddo ddim syniad sut i ddechrau esbonio. Yn y diwedd doedd dim rhaid iddo.

"AETH O I'R YSGOL WEDI GWISGO FATHA

HOGAN!" Llais John o ddrws y gegin. Rhythodd ar Dennis.

"Wedi gwisgo fel hogan?" holodd Dad yn araf.

"Ia," atebodd Dennis.

"Wyt ti'n gwneud hyn yn aml?"

"Cwpwl o weithiau."

"Cwpwl o weithiau! W't ti'n *mwynhau* gwisgo fel hogan?"

Roedd y panig yn cynnau yng nghefn llygaid Dad. Waeth i Dennis fod yn onest ddim.

"Wel. Yndw, Dad. Dwi *yn* mwynhau. Mae'n hwyl."

Yn y distawrwydd a ddilynodd ei gyfaddefiad, disgwyliodd Dennis am y storm. Tawel oedd llais Dad pan atebodd.

"Be wnes i i haeddu hyn? Mab sy'n licio gwisgo ffrogia."

"Tydw i ddim!" Gwelodd John gyfle i gymryd

mantais o'r sefyllfa. "Dwi 'rioed wedi gwisgo ffrog, a wna i byth chwaith."

"Diolch, John," meddai Dad.

"Dim problem. Ga i nôl Magnum o'r rhewgell?"

"Cei, mi gei di nôl Magnum o'r rhewgell."

"Diolch, Dad." Roedd John wrth ei fodd â'r ffafriaeth amlwg. Dychwelodd y distawrwydd drachefn pan adawodd y stafell. Doedd dim mwy i'w ddweud.

"Cer i dy stafell i wneud dy waith cartre,"
dywedodd Dad o'r diwedd.

"Does gen i ddim gwaith cartre, Dad," meddai
Dennis. "Dwi 'di cael fy niarddel."

"Jest cer i dy stafell," meddai Dad yn dawel.

Daeth holl sŵn diwedd pnawn trwy ffenest agored
y llofft, ond chlywodd Dennis ddim. Gorweddai ar
ei wely a'r llun ohono fo, John a Mam ar y traeth yn

dynn yn ei ddwylo. Dyma'r unig gysur oedd ganddo, a'r unig lun a lwyddodd i'w achub o'r tân. Os gallai ddychwelyd i'r eiliad honno ar y traeth mi fyddai popeth mor wahanol. Gallai ddad-wneud ei holl gamgymeriadau. Petai o'n syllu'n ddigon hir ar y llun, efallai y gallai fynd yn ôl at Mam, ac y byddai popeth yn iawn unwaith yn rhagor.

"Ro'n i'n meddwl 'mod i wedi llosgi'r rhain i gyd!" Dad oedd yno, yn lloerig. Cythrodd am y llun yn nwylo Dennis. "Dwi'm isio unrhyw atgof ohoni hi yn agos i'r tŷ 'ma!"

"Sorri, Dad. Nesh i ffeindio fo yn yr ardd."

"Wel, i'r bin â fo, efo dy gylchgrawn di!"

"Plis, Dad, gad i mi ei gadw fo!" ymbiliodd Dennis, gan gipio'r llun yn ôl.

"Paid ti â meiddio! Rho fo i mi!" bloeddiodd Dad. Welodd Dennis erioed mohono mor flin. Rhoddodd y llun yn ôl yn llaw ei dad.

"Oes 'na fwy?" holodd Dad.

"Dim ond hwnna," atebodd Dennis yn dawel.

"Dwi'n beio dy fam am hyn i gyd. Mi oedd hi'n rhy galon-feddal efo chdi."

Caewyd y drws yn glep, ond chlywodd Dennis ddim. Aeth awr neu ddiwrnod neu fis neu flwyddyn heibio wrth iddo eistedd ar erchwyn ei wely – wyddai o ddim am ba hyd y bu yno, ond

gwyddai fod ei fywyd ar ben, ar ôl deuddeg mlynedd yn unig.

Canodd cloch y drws. Clywodd Dennis lais Darvesh yn holi amdano, ac yna llais Dad.

"'Di o'm yn cael gadael ei stafell, Darvesh."

"Ond mae'n rhaid i mi siarad efo fo!"

"Ddim rŵan, mae arna i ofn, Darvesh, ddim heddiw. Ac os gweli di'r hogan Lisa 'na, deud wrthi fod dim croeso iddi yma. Hi oedd y drwg, yn ôl John."

"Allwch chi ddeud wrtho 'mod i dal yn ffrind iddo fo, o leiaf? Waeth beth ddigwyddodd, dwi'n dal yn ffrind. Allwch chi ddeud hynny wrtho fo?"

"Tydw i ddim yn siarad efo fo ar y funud, Darvesh. Well i ti fynd."

Clywodd Dennis y drws yn cau, a chododd i fynd at y ffenest. Gwelodd Darvesh yn cerdded yn benisel o'r tŷ, y glaw yn gwlychu ei *patka*. Wnaeth Dennis ddim gadael ei stafell weddill y dydd.

Roedd hi'n dywyll pan glywodd gnoc ysgafn ar ei ffenest. Agorodd y llenni a gweld wyneb Lisa yno. Safai ar ben ysgol.

"Be w't *ti* isio?" holodd Dennis mor dawel ag y gallai.

"Gawn ni siarad?"

"Dwi'm i fod i siarad efo chdi."

"Gad fi mewn am eiliad, Dennis, plis."

Ildiodd Dennis ac agor y ffenest. Dringodd Lisa drwyddi cyn eistedd wrth ei ymyl ar y gwely.

"Mae'n ddrwg gen i, Dennis. Dwi'n teimlo'n ofnadwy. Ro'n i'n meddwl y byddai'n hwyl. Doeddwn i ddim yn disgwyl i hyn ddigwydd o gwbwl." Rhoddodd ei llaw ar ei ysgwydd. "Mae'n wirion bost," sibrydodd. "Pam ei bod hi'n iawn i ferched wisgo ffrog, ond ddim bechgyn? Does dim synnwyr yn y peth!"

Pwysodd Dennis ei ben ar ei hysgwydd.

"Cael dy ddiarddel. Am rywbeth mor bitw? 'Di o'm yn deg."

Wrth iddi redeg ei llaw trwy ei wallt sylwodd Dennis nad oedd neb wedi gwneud hyn ers i Mam adael. Dechreuodd ei lygaid losgi.

"Dwi'n mynd i neud i Prydderch newid ei feddwl. Dwi ddim yn gwbod sut eto, ond mi wna i. Paid â phoeni – dwi'n addo bydd popeth yn iawn."

Edrychodd Lisa i fyw ei lygaid.

"Dwi'n addo."

16

Hanner Curly Wurly

Roedd hi'n benwythnos erbyn i Dennis gael gadael y tŷ. Doedd o ddim wedi gweld teledu na chyfrifiadur ers dydd Llun, a chollodd sawl rhaglen o *Trisha*, ond ildiodd Dad fore Sadwrn a chafodd Dennis deimlo'r gwynt yn erbyn ei groen eto. Penderfynodd fynd i weld Darvesh.

Aeth heibio i siop Huw ar y ffordd, a phicio i mewn am rywbeth i'w fwyta. Dim ond 13 ceiniog oedd ganddo, gweddill pres poced yr wythnos cynt. Cafodd yr un croeso ag arfer gan Huw.

"Dennis, fy hoff gwsmer! Sut wyt ti heddiw?"

"Helô, Huw," atebodd Dennis yn ddigalon. "Oes gen ti rywbeth am 13 ceiniog?"

"Hm, beth am hanner Curly Wurly?"

Gwenodd Dennis am y tro cyntaf mewn wythnos.

"Mae'n dda dy weld yn gwenu, Dennis! Mi soniodd Lisa am yr helynt yn yr ysgol. Mae'n ddrwg gen i glywed."

"Diolch, Huw."

"Ond mi wnest di fy nhwyllo i'n llwyr! Ha! Un ddel iawn oedd Denise! Ond mewn difrif calon, cael dy diarddel am wisgo ffrog? Mae'n wirion bost! Dwyt ti ddim wedi gwneud unrhyw beth o'i le, Dennis. Paid â gadael i neb ddeud fel arall."

"Diolch, Huw."

"Cei ddewis unrhyw beth o'r cownter da-da, am ddim ..."

"Wir? Diolch." Roedd lwc Dennis ar droi.

"... hyd at 22 ceiniog."

"Dwi'm yn gwbod be wnawn ni hebddat ti heddiw, Dennis. Chdi ydi'n chwaraewr gora ni."

Roedd Dennis wedi anghofio'n llwyr am y gêm nes iddo weld Darvesh yn pacio'i fag. Methu rownd derfynol y gêm gwpan oedd yr ergyd greulonaf oll.

"Mi fyddwch chi'n iawn," atebodd Dennis yn dawel. Ceisiodd swnio mor gefnogol ag y gallai.

"Does gynnon ni ddim gobaith caneri, Dennis, a ti'n gwbod hynny!" meddai Darvesh. "Damia'r Prydderch 'na!"

"Does na'm byd allwn ni ei wneud rŵan."

"Mae'n rhaid bod 'na rywbeth ... Dim ond dilledyn oedd o! Dydi o ddim yn fy mhoeni i o gwbwl, cofia. Ti'n dal yn ffrind i mi, ffrog neu beidio."

Bu bron i Dennis roi cwtsh iddo yr eiliad honno, nes iddo gofio mai bechgyn deuddeg oed oedden nhw, a tydi bechgyn deuddeg oed ddim yn cwtsho.

"Ond mae'n siŵr fod y sodlau 'na'n anghyfforddus!"

"Fel cerdded ar ddwy nodwydd!" chwarddodd Dennis.

Daeth mam Darvesh i mewn yn cario hambwrdd.

"Rhywbeth bach i'ch cynnal yn ystod y gêm fawr, Darvesh!" dywedodd. "Ychydig o masala, reis, dahl, chapatti, twb o Ben and Jerry's ..."

"Alla i ddim bwyta hyn i gyd, Mam. Mi wna i chwydu! Ma'r gêm yn dechrau mewn awr!"

"Ond mae'r corff angen egni, yn tydi, Dennis?"

"Ym ... ydi, am wn i," atebodd Dennis.

"Clywch, Darvesh. Y mae Dennis yn deall y pethau hyn!"

Trodd mam Darvesh ato. "Roedd yn ergyd i mi glywed nad ydych yn chwarae heddiw, Dennis."

"Mae hi 'di bod yn wythnos ofnadwy," meddai Dennis.

"Eich diarddel am beidio gwisgo'r wisg gywir –

mae'n hurt! Beth yn union yr oeddech chi'n ei wisgo, Dennis? Wnaeth Darvesh ddim sôn."

"Dim otsh, Mam!" dywedodd Darvesh yn frysiog.

"Mae'n iawn," atebodd Dennis. "Waeth iddi gael gwbod ddim. Ces fy niarddel am fynd i'r ysgol mewn ffrog oren a sodlau uchel."

Bu distawrwydd am ennyd.

"O! Dennis," ebychodd mam Darvesh. "Am beth ofnadwy i'w wneud."

Edrychodd Dennis ar ei draed mewn cywilydd.

"Oren ydi'r lliw gwaethaf i rywun o'ch pryd a'ch gwedd chi, siŵr! Byddai rhyw las golau neu binc yn well o lawer, a sgidiau fflat!"

"Ym ... diolch," atebodd Dennis. Gwenodd.

"Croeso, Dennis. Rwyf yma unrhyw bryd y byddwch angen cyngor ar ffasiwn. Mae gen i lygad dda am liwiau! Byddaf yn disgwyl yn y car, Darvesh, unwaith y byddi wedi gorffen dy fwyd."

"Mae dy fam di'n arbennig," dywedodd Dennis wedi iddi adael y stafell. "Dwi wrth fy modd â hi."

"Mae hi'n unigryw," cytunodd Darvesh dan chwerthin. "Wyt ti am ddod i weld y gêm, Dennis? Mi fydd pawb yno."

"Dwn i ddim, Darvesh ..."

"Dwi'n dallt ei bod hi'n anodd, Dennis, ond fydd hi ddim yr un fath hebddat ti. 'Dan ni dy angen di, hyd yn oed os na fyddi di ar y cae. Plis?"

"Dwn i ddim."

"Plis?"

17

Maesgarw

Teimlai Dennis yn swp sâl wrth glywed y chwiban cyntaf. Roedd y maes yn orlawn o ddisgyblion, athrawon a rhieni, a phob un yn disgwyl yn eiddgar hyd ymylon y cae. Roedd mam Darvesh yn edrych fel petai hi ar fin ffrwydro gan gyffro. Eisteddai Mr Prydderch y drws nesa iddi.

Roedd o wedi dod â'i gadair ei hun – yr unig un yn yr holl le oedd yn eistedd. Rhoddodd hyn yr argraff ei fod yn ddyn pwysig dros ben, neu fod ei iechyd fymryn yn fregus. Cododd Dennis goler ei gôt law rhag iddo gael ei adnabod. Roedd y prifathro yn *dal* i godi ofn arno, er nad oedd yn ddisgybl mwyach.

Gwelodd Lisa ac Idris yng nghanol y dorf ac anelu amdanyn nhw.

"Do'n i'm yn gwbod dy fod di'n hoffi pêl-droed," gofynnodd i Lisa.

"Mae hi'n gêm derfynol, Dennis. Dwi isio cefnogi, fel pawb arall," atebodd hithau.

Gwridodd Idris yn wrth ei hymyl. "Dwi'n teimlo 'chydig o ffŵl, Dennis," dywedodd yn betrus, "yn gofyn i ti fynd ar ddêt."

"Paid â phoeni, Idris," atebodd Dennis. Doedd ddim am wneud môr a mynydd o'r mater, ond aeth Idris yn ei flaen:

"A bod yn deg, mi oeddat ti'n edrych yn ddel iawn fel hogan ..."

Dechreuodd Lisa rowlio chwerthin. Cymerodd eiliad iddi ddod at ei choed, yna trodd at Dennis. "Wyt ti wedi ymddiheuro i Miss Martin eto? Mae hi draw wrth y gôl yn fan'na."

"Ddim eto, ond mi wna i," atebodd yn ddistaw.

"Mi wnest di ei hypsetio hi go iawn," dywedodd Idris. "Roedd hi yn siop Huw ddoe yn crio am nad oedd ganddo botel o Orangina."

"Mi wna i!" atebodd Dennis yn ddiamynedd. "Ond alla i ddim mynd draw rŵan, na allaf? Mae Prydderch jest yn fan'na." Trodd ei sylw tuag at y gêm a cheisio anghofio am Miss Martin.

Ysgol Maesgarw oedd y gwrthwynebwyr. Roedden nhw'n bencampwyr ers tair blynedd, am eu bod yn chware'n ffiaidd o fudr, yn fwy na dim. Doedd ysgol Dennis, neu ei gyn-ysgol erbyn hyn, erioed wedi ennill y gwpan, ac ers i Dennis gael ei ddiarddel doedd dim disgwyl i hynny newid eleni.

Sgoriodd Maesgarw o fewn dwy funud. O fewn deng munud roedden nhw wedi sgorio tair gôl a chasglu dau gerdyn melyn.

Rhedodd Darvesh draw at Gareth. "Dydi hyn ddim yn gweithio, Gareth. Mi 'dan ni angen Dennis!"

"Mae o wedi'i ddiarddel, Darvesh! Mi fydd raid i ni wneud hyn hebddo fo."

"Allwn i ddim, Gareth. Ti'n gwbod hynny!"

Ochneidiodd y dorf eto. 4–0. Roedd hi'n troi'n gweir go iawn.

"Gwna rywbeth, Gareth!" ymbiliodd Darvesh.

Plygodd y capten ei ben yn ei dymer, a phan ddaeth y chwiban nesa gan y dyfarnwr, aeth yn syth draw at Mr Prydderch.

"Mae hyn yn echrydus, fachgen! Rydych yn pardduo enw da yr ysgol!" cwynodd y prifathro wrtho.

"Mae'n ddrwg gen i, syr, ond mae ein chwaraewr gora ni wedi'i ddiarddel. Does ganddon ni ddim gobaith heb Dennis."

"Tydi'r bachgen yna ddim yn cael chwarae! Allwn ni ddim gadael i sinach mewn ffrog gynrychioli'r ysgol! Ymlaen â'r gêm!"

Dychwelodd Gareth i'r cae ond o fewn eiliadau

roedd yn rowlio mewn poen ar y glaswellt. Heb i'r dyfarnwr sylwi roedd un o chwaraewyr Maesgarw wedi gwthio'i ben-glin i un man bach sensitif ar gorff Gareth. Hanner munud yn ddiweddarach roedd hi'n 5–0.

"Wir, Brifathro, dylech adael i'r bachgen chwarae," mynnodd mam Darvesh.

"Byddwn yn gwerthfawrogi pe baech chi'n cau eich ceg, madam. Mater i'r ysgol ydyw hyn, nid y chi," atebodd Mr Prydderch yn gas.

Mwyaf sydyn trodd Lisa at Idris a dweud, "Tyrd, Idris. Dwi angen dy help."

"Lle dach chi'n mynd?" holodd Dennis.

"Gei di weld," atebodd Lisa gyda winc, ac i ffwrdd â'r ddau ar frys wrth i ochenaid arall atseinio trwy'r dorf.

6–0.

Allai Dennis ddim gwylio'r gêm eiliad yn rhagor.

18

Byddin o Sidan

"Ble ddiawl maen nhw?" gwaeddodd Mr Prydderch, ond allai neb gynnig ateb.

Roedd yr ail hanner ar fin dechrau a chriw Maesgarw ar y cae yn eiddgar i ailafael yn y frwydr. Ond doedd dim golwg o dîm yr ysgol. Lledai sibrydion trwy'r dorf. *Ydyn nhw wedi rhoi'r ffidil yn y to?*

Roedd y dyfarnwr ar fin rhoi'r gêm – a'r gwpan – i Maesgarw pan gamodd Lisa allan o'r stafell newid, gan ddal y drws yn agored ar ei hôl.

Gareth redodd allan yn gyntaf, mewn ffrog hir o aur sgleiniog.

Daeth Darvesh i'w ddilyn, mewn ffrog felen polca-dot.

Nesa, yr amddiffynwyr mewn pinaffors pinc.

Yna gweddill y tîm mewn amrywiaeth o wisgoedd o wardrob Lisa.

Ac yn olaf, Dennis, mewn ffrog las golau hyfryd.

Daeth bloedd o gymeradwaeth gan y dorf.

"Rho hel iddyn nhw," dywedodd Lisa wrth i

Dennis redeg heibio.

Yn y cyfamser roedd wyneb Mr Prydderch wedi

troi'n gyfres ryfeddol o liwiau. I ddechrau roedd yn

wyn fel y galchen, yna'n rhyw wyrddbinc od, wedyn yn goch. Erbyn i'r tîm cyfan gyrraedd y cae roedd yn borffor tywyll, ac phan orffennodd weiddi roedd yn wyn fel y galchen eto.

"BETH AR WYNEB DAEAR RYDYCH CHI'N WNEUD?!"

"Wnaethoch chi ddiarddel Dennis am wisgo ffrog, syr," atebodd Gareth o ganol y cae, "ond allwch chi ddim ein diarddel ni i gyd!" Safai gweddill y tîm y tu ôl i'w capten, yn troelli fel dawnswyr mewn fideo pop.

"MAE. HYN. YN. GWBWL. ANNERBYNIOL!!" rhuodd Mr Prydderch, yn borffor eto, cyn brasgamu'n flin tuag at adeilad yr ysgol.

"Ymlaen â'r gêm!" cyhoeddodd Gareth.

Chwythodd y dyfarnwr ei chwiban i ddechrau'r ail hanner. Doedd o ddim yn siŵr a oedd chwarae mewn ffrog yn gwbl gyfreithlon, ond penderfynodd barhau â'r gêm er mwyn gweld beth fyddai'n digwydd nesa.

Ac roedd yr hyn a ddigwyddodd nesa yn syfrdanol. O fewn eiliadau iddo redeg ar y cae, roedd Dennis wedi sgorio gôl. 6–1.

Roedd Maesgarw wedi cael tipyn o ysgytwad o weld y gwrthwynebwyr mewn ffrogiau, a chymerodd hi dipyn o amser iddyn nhw ddod i drefn. Erbyn hynny, sgoriodd Dennis eto. Ei nod oedd sgorio tair gôl o'r bron, a doedd o erioed wedi teimlo mor hapus. Roedd wrthi'n gwneud dau o'i hoff bethau yn y byd, a hynny ar yr un pryd – chwarae pêl-droed a gwisgo ffrog. Roedd yn ei seithfed nef.

Darvesh sgoriodd nesa, a chael staen gwyrdd ar hyd ei ffrog wrth iddo lithro ar y gwair. 6–3.

"Darvesh, fy mab! Hip hip hwrê i fy mab yn ei ffrog felen!" gwaeddodd ei fam.

Doedd y tîm erioed wedi chwarae cystal.

Cododd Dennis ei ffrog wrth ddawnsio heibio'i amddiffynnwr, a chroesi'r bêl i Gareth yn y cwrt cosbi. Gôl arall, ac i ffwrdd â Gareth fel mellten aur hyd yr asgell, gan ddathlu.

Yna gôl arall.

Ac un arall.

6–6, ac ychydig funudau o'r gêm yn dal ar ôl. Un arall, a byddai'r gwpan yn eu dwylo.

"Cym on, Dennis!" bloeddiodd Lisa. "Un arall!"

Edrychodd Dennis draw a gwenodd. *Mi fyddai'n ofnadwy o cŵl taswn i'n sgorio rŵan, meddyliodd, yn enwedig o flaen Lisa.*

Ond wnaeth o ddim. Yn hytrach disgynnodd i'r llawr mewn poen. Roedd un o chwaraewyr Maesgarw wedi stampio ar ei ffêr ac yntau ddim hyd yn oed yn agos at y bêl.

Daeth ton o brotest o'r dorf.

"Wnes i'm byd!" cwynodd y bachgen o Faesgarw.

Roedd pen Dennis yn dechrau nofio, a'r dagrau'n cronni. Clywodd un llais yn uwch na'r gweddill. Un llais cyfarwydd.

"Oi!"

Dad, meddyliodd Dennis. Ddim rŵan plis, ddim a minnau'n crio. Ddim tra 'mod i mewn ffrog. Ddim yn ystod y gêm.

"Oi!"

Dad, heb os nac oni bai. Edrychodd Dennis i'w gyfeiriad. Roedd o'n gandryll.

"Oi, reff! W't ti'n ddall? Nath o gicio fy mab i!"

Be?! Ydi o yma i 'nghefnogi?! Erbyn hyn roedd Darvesh wedi cyrraedd ac yn helpu Dennis i'w draed.

"Wyt ti'n iawn?" gofynnodd.

"Yndw, gwell rŵan," atebodd Dennis, gan edrych tua'r dorf. Roedd Dad yn dechrau codi stêm.

"CYM ON, DENNIS!" rhuodd.

"Fi wnaeth ei ffonio fo hanner amser," esboniodd Darvesh. "Ar ôl i chdi sôn ei fod o 'rioed 'di dy wylio di'n chwarae, wnes i feddwl bysai'n well iddo weld hyn."

"Diolch, Darvesh." Roedd o wastad yn llwyddo i'w synnu. Allai o ddim dymuno cael ffrind gwell.

Pan ailddechreuwyd y gêm, dwynodd Gareth y bêl o draed un o hogiau Maesgarw a'i phasio i fyny'r asgell i lwybr Darvesh. Brysiodd amddiffynwyr Maesgarw ato, ond erbyn iddyn nhw droi i'w wynebu roedd y bêl yn ôl wrth draed Gareth, ac yna wrth draed Dennis, ac roedd Dennis wedi gwibio y tu ôl iddyn nhw, ac wedi codi'r bêl uwch y gôl-geidwad. Ac wedi sgorio.

6–7.

Seiniodd y chwiban olaf. Roedd y gêm ar ben! Ffrwydrodd y dorf mewn gorfoledd.

"IEEEEEEEEEEEEEEEE!" gwaeddodd Dad.

Edrychodd Dennis draw ato gan wenu. Meddyliodd ei fod wedi gweld wyneb John, ond cyn iddo fedru edrych yn iawn roedd y tîm cyfan wedi rhuthro ato, gan ddathlu. Roedden nhw wedi ennill y gwpan, am y tro cyntaf erioed yn hanes yr ysgol! Y gwpan!

Cododd rhywun ef ar ei ysgwyddau. Dad.

"Fy mab i ydi hwn!" bloeddiodd gyda balchder.
"Fy mab i!"

Edrychodd Dennis i lawr ar weddill y tîm yn eu gwisgoedd hardd.

Dwi ddim yn teimlo mor arbennig rŵan, o weld pawb arall mewn ffrogia, meddyliodd am eiliad. Ond wnaeth o ddim dweud sôn wrth neb.

19

Trwy'r Baw

Wrth i chwaraewyr Maesgarw stompio yn ôl tua'r stafelloedd newid, arhosodd tîm yr ysgol ar y cae i ddathlu. Cododd Gareth y gwpan. Daeth cri o'r dorf. Pasiodd y gwpan i Darvesh. Cri arall, a llais mam Darvesh yn glir yn ei chanol. Pasiodd Darvesh y gwpan i Dennis, ond cyn iddo gael cyfle i'w chodi ...

"NID DY GWPAN DI YDI HONNA!"

Mr Prydderch.

"Ond ..." dechreuodd Dennis brotestio.

"Rwyt ti wedi cael dy ddiarddel!"

Dechreuodd y dorf droi ar y prifathro.

Rhoddodd Idris y gorau i gnoi ei Rolo er mwyn ymuno â'r bwio.

"TAWELWCH!"

A bu tawelwch. Roedd hyd yn oed yr oedolion wedi ufuddhau iddo.

"Ond ..." dechreuodd Dennis eto.

"Os na fyddi di wedi gadael tir yr ysgol yn yr eiliadau nesa, byddaf yn galw'r heddlu."

"Ond ..."

"RŴAN!"

"Aros di eiliad, y crinc!" Nid llais bach Dennis y tro yma, ond llais mawr Dad. "Mae fy mab i newydd ennill y gwpan i dy ysgol di!"

"Ond mae eich mab wedi cael ei ddiarddel," atebodd Mr Prydderch gyda gwên gysetlyd.

"Os ca i hanner cyfle mi stwffia i'r blydi gwpan i fyny dy–"

"Ew, mae o'n fwy *embarassing* na fi," sibrydodd mam Darvesh.

"Edrychwch, Mr ..." atebodd Mr Prydderch.

"Sims. A dyma Dennis Sims. Fy mab, Dennis Sims. Cofia di'r enw, y crinc, achos mi fydd o'n bêl-droediwr byd-enwog ryw ddiwrnod, coelia di fi! A fi ydi ei dad o, a dwi'n falch ohono fo. Tyrd, Dennis, 'dan ni'n mynd." Cydiodd yn llaw ei fab a'i arwain tuag adre.

Llusgodd ei ffrog drwy'r baw yr holl ffordd, ond Dennis afaelodd yn dynn yn llaw ei dad.

20

Blows a Sgert

"Sorri, mae 'na fwd dros bob dim," dywedodd Dennis wrth roi'r ffrog yn ôl i Lisa. Eisteddai'r ddau ar ei gwely wrth i'r pnawn ddiflannu.

"Sorri, Dennis. Wnes i drio 'ngora."

"Mi wnest di'n anhygoel, Lisa. Heblaw amdanat ti fyddwn i ddim wedi cael chwarae yn y ffeinal. Dyna'r peth pwysicaf i mi. Ca i le mewn ysgol arall, dwi'n siŵr. Bydd 'na ryw ysgol yn rhywle yn fodlon derbyn bachgen mewn ffrog."

"Maesgarw, efallai?" cynigiodd Lisa dan wenu.

Eisteddodd y ddau mewn tawelwch am eiliad.

"Dwi'n mynd i weld dy isio di, Lisa."

"A minnau, Dennis. Mi fydd yn od hebddat ti yn yr ysgol. Ond mi allwn ni gwrdd ar benwythnosau."

"Gallwn. Diolch am bob dim, Lisa."

"Diolch? Gest ti dy ddiarddel o'm hachos i!"

"Dwi'n diolch i ti am agor fy llygaid."

Daeth golwg swil drosti am eiliad. Doedd Dennis erioed wedi'i gweld hi fel yna o'r blaen.

"Diolch, Dennis. Dyna'r peth mwyaf caredig i unrhyw un ddeud wrtha i."

Gwenodd Dennis, gan deimlo ei hyder yn codi.

"Dwi angen deud rhywbeth wrthat ti, Lisa. Dwi wedi bod isio'i ddeud ers tro byd."

"Ia?"

"Dwi'n ..."

"Ti'n?"

"Ti'n ..."

Ond ddaeth y geiriau ddim. Weithiau ddaw llais y galon ddim trwy'r geg.

"Mi wna i ddeud wrthat ti ryw dro eto," meddai o'r diwedd.

A dwi'n gobeithio y gwnaiff o. Ond mae agor y galon yn gallu bod yr un mor anodd i oedolion, cofiwch.

Rhedodd Lisa ei bysedd trwy wallt Dennis. Caeodd hwnnw ei lygaid.

Ar y ffordd adre cerddodd Dennis heibio i siop Huw. Doedd Dennis ddim yn bwriadu mynd i mewn ond daeth Huw i'r drws.

"Dennis, ti'n edrych mor ddigalon! Tyrd i mewn. Beth sy'n bod?"

Adroddodd Dennis hanes y gêm. Doedd Huw ddim yn credu'r peth.

"Mae'n fyd od, Dennis. A ti'n gwbod beth? Yn aml, tydi'r rhai sydd mor barod i feirniadu, boed yn athrawon neu'n wleidyddion neu bwy bynnag, ddim gwell na'r rhai maen nhw'n eu beirniadu."

"Ella," atebodd Dennis yn dawel.

"Nid ella, Dennis! Mae'n wir. 'Drycha ar dy brifathro di, beth bynnag ydi ei enw o."

"Mr Prydderch?"

"Ia. Mr Prydderch. Mae 'na rywbeth od amdano fo hefyd."

"Od?"

"Bob bore Sul am saith roedd o'n arfer dod yma i nôl ei *Wales on Sunday*. Saith o'r gloch, i'r funud. Ond un dydd, daeth ei chwaer i nôl y papur newydd yn ei le. Wyddwn i ddim fod ganddo chwaer. Ers hynny, hi sy'n dod. Am saith. I'r funud. Bob bore Sul. Ella byddai'n syniad i ti gael gair efo hi. Tyrd yma bore fory am saith – i'r funud, cofia."

Doedd Dennis ddim yn deall.

"Ta waeth," aeth Huw yn ei flaen, "wyt ti eisiau hanner arall y Curly Wurly? Dwi'n cael trafferth ei werthu o."

"Mae'n rhy gynnar i fod yn effro ar fore Sul," mwmiodd Lisa. "Chwarter i saith ydi hi! Wyddwn i ddim fod chwarter i saith yn bodoli ar benwythnosau."

"Sorri, Lisa, ond dwi'n meddwl bod hyn yn bwysig."

"Mae gan Prydderch chwaer. Dydi hynny ddim yn newid y sefyllfa, Dennis."

"Roedd Huw yn deud y dylwn i gael gair efo hi. Brysia, neu mi fyddan ni'n hwyr!"

Roedd tarth hyd y strydoedd a'r tarmac yn dal i sgleinio ar ôl cawod yn ystod y bore bach. Doedd 'na'r un enaid byw arall ar ddi-hun, a'r unig sŵn oedd clic-clic sodlau uchel Lisa ar y pafin – dewisodd Dennis beidio â gwisgo'u sodlau.

"Aros!" sibrydodd Dennis mwyaf sydyn. Clywodd sŵn traed yn nesáu. Drwy'r niwl ymddangosodd dynes dal mewn dillad du o'i chorun i'w sawdl. Aeth ar ei phen i'r siop.

Edrychodd Dennis ar ei oriawr. Saith o'r gloch. I'r funud.

"Dyna hi," sibrydodd Dennis. Sleifiodd y ddau yn nes at y ffenest. Safai'r ddynes wrth y cownter yn dal ei phapur newydd.

"Mae hi'n prynu'r *Wales on Sunday*," dywedodd Lisa, heb guddio'r diflastod yn ei llais.

"Aros, 'dan ni ddim wedi cael golwg iawn arni eto!"

Wrth i'r ddynes droi a chamu tua'r drws llamodd y ddau y tu ôl i fin sbwriel. O'u cuddfan cawson nhw olwg dda ar chwaer Mr Prydderch wrth iddi adael y siop.

Roedd hi'n fwy na chwaer iddo, mae'n rhaid – yn efaill unfath, os rhywbeth. Roedd ganddi yr un mwstásh, hyd yn oed! Edrychodd Dennis a Lisa ar ei gilydd a gwenu.

"Mr Prydderch!" gwaeddodd Dennis.

"Ia?" daeth y llais dwfn, blin, cyfarwydd.

Pesychodd yn sydyn a dweud ag oslef uwch: "Beth? Pwy?"

Camodd y ddau o'u cuddfan.

"Na, na, nid Mr Prydderch ydw i ... ei chwaer, Doris ydw i. Onid ydyw hynny'n amlwg?"

"Dydan ni ddim yn dwp, Mr Prydderch," atebodd Lisa.

"Rhaid i chi drio siafio'n well, Mr Prydderch," awgrymodd Dennis.

"Dwi'n cael trafferth efo'r blewiach uwchben fy ngwefus, dwi'n cyfaddef. Mae'n broblem gyffredin. Allwn ni i gyd ddim edrych fel y merched yn y cylchgronau!" daeth yr ateb gwichlyd.

Dechreuodd Lisa a Dennis biffian chwerthin. Rhythodd 'Doris' arnyn nhw.

"O, chdi sy 'na, y bachgen mewn ffrog," sgyrnygodd, a'i lais yn disgyn yn ôl i'w oslef arferol.

"Ie, y bachgen a gafodd ei ddiarddel am wisgo

ffrog," atebodd Dennis. "A dyma chi, yn gwisgo ffrog!"

"Blows a sgert fydda i'n dewis eu gwisgo," atebodd Mr Prydderch yn swta.

"Sgidia neis, syr," dywedodd Lisa.

"Be dach chi isio'r cnafon?" chwyrnodd. Roedd ei dalcen yn biws dan y colur.

"I Dennis gael dod yn ôl i'r ysgol," atebodd Lisa.

"Byth!" atebodd Mr Prydderch. "Mi dorrodd reolau gwisg ysgol. Difrifol iawn!"

"Tydi hynny ddim yn rheswm digonol, Mr Prydderch!" atebodd Lisa'n chwyrn. "Dwi'n cael cerydd bob dydd am dorri'r rheolau, a ches i 'rioed fy niarddel!" Roedd hi'n dechrau codi stêm. "Y ffrog oedd y broblem! Efallai eich bod *chi'n* teimlo cywilydd o gael eich dal yn gwisgo un, ond dydi hi ddim yn deg cosbi Dennis am hynny, nac ydi?"

Wnaeth Mr Prydderch ddim dweud gair am ychydig, dim ond sefyll yno yn gadael i'r gwrid bylu o'i wyneb. Roedd ei lais yn dawel, dawel pan siaradodd. "Mae'n anodd bod yn brifathro weithiau, wyddoch chi? Gweiddi ar bawb trwy'r dydd, ceryddu, diarddel plant. Mae 'nghyhyrau fy wyneb yn stiff gan wgu. Mae gwisgo fel'ma yn helpu i mi ymlacio ar y penwythnos."

"Does 'na'm byd yn bod ar hynny, syr," dywedodd Dennis.

"Nagoes. Ond gaiff Dennis ddod yn ôl i'r ysgol?" holodd Lisa.

Distawrwydd eto.

"Hmff. Iawn. Ond dim gair am hyn wrth neb!"

"Diolch, syr!" atebodd y ddau'n unsain.

Trodd Mr Prydderch ar ei sawdl a brysio i fyny'r lôn yn ei sodlau uchel.

"Dach chi'n edrych yn dda, syr!" galwodd Lisa ar ei ôl.

"Dwi'n gwybod hynny!" cyfarthodd wrth droi'r gornel.

21

Breichiau Blewog

"Pam w't ti'n gwisgo hwnna? " holodd Dad.

Roedd hi'n fore Llun ac roedd o'n syllu ar Dennis. Am y tro cyntaf mewn wythnos gwisgai Dennis ei ddillad ysgol arferol.

"Dwi'n cael mynd yn ôl i'r ysgol heddiw, Dad. Mae'r prifathro wedi newid ei feddwl."

"Do wir? Go dda, Dennis! Ro'n i'n meddwl 'mod i wedi llwyddo ei ddarbwyllo ddydd Sadwrn. Dwi'n dipyn o ddiplomat, wsdi!"

"Diolch, Dad."

"Croeso, 'ngwas i. Ro'n i mor falch ohonot ti ddydd Sadwrn. Mi fuest di mor ddewr."

"Roedd hi'n dacl boenus."

"Ddim y dacl, Dennis. Ond dod allan ar y cae fel yna, yn y ffrog. Faswn i wedi methu gwneud. Ti'n hogyn da, Dennis. Dydi hi ddim wedi bod yn hawdd ers i Mam adael, a dwi'n gwbod 'mod i ddim wedi bod yn dad da i chi'ch dau, ac mae'n ddrwg gen i am hynny. "

"Mae'n iawn, Dad. 'Dan ni'n dal yn dy garu di."

Estynnodd Dad i boced gesail ei gôt a nôl llun. Y llun o Mam ar y traeth.

"Doedd gen i ddim o'r galon i'w daflu. Ond mae hi'n anodd i mi edrych ar luniau fel'ma. Mi oeddwn i'n caru dy fam. Dwi dal yn ei charu hi, ryw ffordd. Mae bod yn oedolyn yn gallu bod yn gymhleth weithiau, Dennis. Ond chdi biau'r llun yma rŵan. Cadwa fo'n saff."

Crynodd ei law wrth osod y llun ar y bwrdd. Edrychodd Dennis arno, cyn ei roi yn ei boced.

"Diolch, Dad."

"Ti'n dod 'nôl i'r ysgol, felly?" holodd John wrth gerdded i mewn i'r gegin.

"Y prifathro wedi newid ei feddwl, mae'n debyg," eglurodd Dad.

"Ti'n ddewr. Bydd yr hogia hŷn yn siŵr o dynnu arnat ti."

"Wel, mi fydd angen i ti edrych ar ôl dy frawd bach, felly, yn bydd, John?" meddai Dad.

"Bydd. Os bydd 'na unrhyw un yn pigo arnat ti, Dennis, tyrd i ddeud wrtha i. Mi wna i eu sortio nhw."

"Da'r hogyn," meddai Dad. "Reit, mae'n well i mi fynd. Gen i lwyth o bapur tŷ bach sydd angen cyrraedd Aberdaron. Maen nhw'n dibynnu arna i." Cyn iddo gyrraedd y drws trodd yn ôl yn sydyn. "Dwi'n ofnadwy o falch o'r ddau ohonoch, dach chi'n gwbod hynny, tydach? Dwn i ddim be faswn i'n ei wneud hebddach chi." Ac i ffwrdd â fo.

Edrychodd Dennis a John ar ei gilydd. Roedd

fel petai'r holl dŷ yn dechrau dadmer yn ara'
bach.

"Bechod dy fod wedi methu'r gêm," meddai
Dennis wrth i'r ddau gerdded i'r ysgol.

"Dwi'n gwbod ..." atebodd John. "Roedd gen i
bethau i'w gwneud."

"Ro'n i'n siŵr 'mod i wedi dy weld di yno 'fyd,
ond ma'n rhaid ma' rhywun arall oedd o."

"Wel, ella 'mod i wedi gweld rhywfaint ohoni, tua'r diwedd."

"Ro'n i'n amau!" meddai Dennis. "Pam wnest ti ddim sôn?"

"Wel, do'n i ddim ffansi ymuno efo'r holl ... gwtsho a ballu ar y diwedd. Sorri."

"Does dim rhaid deud sorri. Dwi'n falch dy fod wedi bod yno."

Cerddodd y ddau mewn tawelwch am rai munudau.

"Ond dwi'n dal ddim yn deall pam dy fod wedi gwneud be wnest ti," meddai John ar ôl ychydig.

"Gwneud be?" holodd Dennis.

"Gwisgo'r ffrog."

"O," atebodd Dennis. "Wel, am ei fod o'n hwyl, am wn i."

"Yn hwyl?"

"Ia. Fel pan oeddan ni'n arfer gwisgo fyny fel Spiderman a Batman a ballu. Mae'n hwyl."

"Hmm. Dwi ddim wedi gwneud hynny ers blynyddoedd," atebodd John yn feddylgar wrth gamu i mewn i siop Huw.

"Bore da, fechgyn!" canodd Huw mewn goslef deirgwaith uwch na'r arfer. Safai yno o'u blaenau mewn sari gwyrdd tywyll, ysblennydd. A wig. A cholur.

"Ym ... bore da, Huw," mentrodd John.

"O na, na. Nid Huw mohonof heddiw. Ei fodryb Indira wyf i. Myfi sydd yn gwarchod y siop yn ei le!"

"Huw, mae'n amlwg mai chi sydd yno," meddai Dennis.

"Dacia," atebodd Huw yn ddigalon yn ei lais arferol. "Dwi wedi bod yn ymbincio ers toriad y wawr. Be wnes i o'i le?"

"Y stwbwl ar eich gên."

"A'r breichiau blewog."

Edrychodd Huw ar ei freichiau. "Ro'n i'n bwriadu talu'r pwyth yn ôl i ti, Dennis, am chwarae jôc arna i'r tro dwytha!"

"O ble gest di'r sari?" holodd Dennis.

"Un fy ngwraig," atebodd Huw. "Lwcus ei bod hi'n ddynes eitha nobl. Dim gair wrthi hi, cofiwch. Dydi hi ddim yn gwybod fy mod wedi'i fenthyg."

"Dim gair, Huw," atebodd y ddau.

"Diolch i chi. Mi gest di gwrdd â chwaer Mr Prydderch, o be dwi'n ddeall, Dennis?" holodd Huw wedyn, gan roi winc mor amlwg nes i ddarnau o fasgara sych ddisgyn yn llwch du hyd y cownter.

"Do, diolch, Huw," atebodd Dennis gan wincio yn ôl.

"Dwi'm yn dallt," dywedodd John.

"Dim ots," meddai Dennis. "Well i ni fynd, neu mi fyddwn ni'n hwyr. Un paced o *Quavers*, plis, Huw."

"Dewis doeth! Bargen y dydd heddiw yw prynu dau baced o *Quavers* a chael un am ddim!"

"Pam lai?" meddai John, gan godi paced arall a'i roi wrth un Dennis.

"Gwych!" meddai Huw, gan estyn un *quaver* unig a'i osod ar y cownter. "Dyma'r quaver am ddim. 80c os gwelwch yn dda!"

22

Un Peth Bach

Roedd Darvesh yn disgwyl am ei ffrind gorau wrth giatiau'r ysgol. "Braf dy weld di'n ôl, Dennis! Ffansi gêm cyn y gloch?" Cododd bêl yn obeithiol.

"Mae gen i un peth bach i'w wneud yn gynta, Darvesh. Gawn ni gêm amser egwyl, iawn?" atebodd Dennis. Roedd wedi gweld Miss Martin yn parcio ei hen Citroën 2CV ben pellaf yr iard. Aeth o a John tuag ati.

Doedd o ddim yn gar crand iawn, ond roedd o'n Ffrengig ac roedd hynny ddigon da i Miss Martin. Gallai pedwar bachgen mawr ei gario'n ddigon hawdd, ac roedd hi wedi codi'r faner *tricolore* ar y to, er mwy ei wneud o'n haws i'w ffeindio.

"Miss ..."

Trodd Miss Martin i wynebu Dennis.

"O, chdi sydd yno," atebodd yn oeraidd. "Be wyt ti eisiau?"

"Ro'n i isio ymddiheuro am ddydd llun diwethaf. Mae'n wir ddrwg gen i. Roedd beth wnes i'n anfaddeuol."

Wnaeth hi ddim ateb. Ymbalfalodd Dennis am rywbeth arall i'w ddweud.

"Achos ... ym ... tydi'ch acen chi ddim yn wael o gwbwl. A deud y gwir, mae'n dda iawn."

"Wel, *merci beaucoup*, Dennis," atebodd Miss Martin, gan ddadmer ychydig. "Da iawn ti ddydd sadwrn. Roedd hi'n gêm arbennig. A rhaid deud, roeddet ti'n edrych yn hapus dy fyd mewn ffrog."

"Diolch, miss."

"A deud y gwir, dwi'n falch o gael cyfle am sgwrs," meddai Miss Martin. "Dwi wedi sgwennu drama, ti'n gweld ..."

"Ym ..."

"Drama am fywyd Jeanne D'Arc, y ferthyres o'r bymthegfed ganrif, a does yr un o'r merched yn fodlon cymryd y brif ran."

"Wel ..."

"Roeddwn i'n meddwl y byddai'n ddifyr dros ben i gael bachgen i chwarae'r brif ran, gan ei bod hi, wrth gwrs, yn ferch wedi'i gwisgo fel dyn. A dwi'n tybio y byddet ti, Dennis, yn berffaith ar gyfer y rhan."

"Mae'n swnio'n ... ym ... yn ddifyr iawn, Miss Martin, ond does gen i ddim math o brofiad actio, cofiwch." Dechreuodd Dennis gerdded am yn ôl yn ara' deg.

"Gwych. Mi gawn gyfarfod amser egwyl i drafod y sgript dros *pain au chocolat.*"

"Iawn, miss," atebodd Dennis, a'i galon yn suddo.

Wrth iddo droi yn ôl at John galwodd Miss Martin arno. "Hefyd, bydd yr holl ddrama yn Ffrangeg, Dennis! Gwell i ti ddechrau ymarfer ar unwaith. Au revoir!"

"Ô refwâr!" galwodd Dennis yn ôl, yn ei acen waethaf.

"Dwi'n edrych ymlaen at weld y ddrama yna!" dywedodd John pan dychwelodd Dennis ato. "Tyrd, neu mi fyddan ni'n hwyr i'r gwasanaeth." Rhoddodd ei fraich am ysgwydd ei frawd bach a'i arwain tuag at ddrws yr ysgol. Gwenodd Dennis.

Teimlai'r byd *yn* wahanol.